夜が明るいのは月が満ちるせい

角川文庫
24235

もう忘れないよ。
あの日交わした約束も、涙の色も、あの時私達を照らしてくれた月明りも。
無数に散らばった星をかき集めても敵《かな》わないような眩《まばゆ》い月光が、
いつだってこの夜を照らしてくれていることも。
月が満ちる限り、永遠に忘れないから。

目次

第一章　新　月

放課後、教室の扉に手を掛ける。

「ていうか、あのお店のケーキちょっと微妙じゃなかった？」

その手がピタリと止まる。

私を含めた四人グループの中でも一番可愛い三咲《みさき》の声が、確かに目の前の教室から聞こえてくる。その声には、嘲弄《ちょうろう》するような笑みが含まれている気がした。

〝ケーキ〟という単語に思い当たる節がある私は、呼吸するのも忘れ、耳を澄ました。

「えっ、私も思った〜」

「あの店さ、望《のぞむ》が選んだんだよね」

「ケーキ一口もらった時、私も微妙だなって思った」

三咲に続くように、絵里《えり》と花菜《かな》も同調する。

みんなに合流するつもりだったのに、気づけば背を向けていた。私は、扉から足音をたてずにそっと離れる。三人の笑い声が徐々に遠のき、昇降口まで来たところでゆっくりと息をする。

――あの反応は微妙だったのか。

放課後に入り、生徒が各々の時間を楽しんでいる中、私は一人立ち尽くしていた。

三人が話していた〝ケーキ〟というのは、私が選んだ店のケーキのことだった。

事の発端は、絵里のある提案から始まった。

『ねぇ、今度三咲の誕生日じゃん？　それでさ、誕生日にちょっとしたサプライズしたいんだけど』

三咲が近くにいないことを確認しながら、絵里は私と花菜の目の前にスマホを突き出してくる。花菜と同時にスマホを覗《のぞ》き込んだ。スマホの画面には、可愛らしいケーキが置かれたプレートに【誕生日おめでとう】などのちょっとしたメッセージがチョコペンで書かれた写真が映し出されていた。ＳＮＳでよく見かける。

『これやりたくてさ！』

溌剌《はつらつ》とした絵里の声。

『いいね！』

『うん、すごくいい』

私と花菜はすぐに絵里に賛同した。誕生日にこんな可愛いケーキが出てきたら誰だって嬉《うれ》しいはずだ。三咲もきっと喜んでくれるにちがいない。

私達の頷《うなず》きに安堵《あんど》した絵里はすかさず花菜と目配せをすると、「じゃあさ」とまた新たな提案を持ちかけた。

『こういうサプライズしてくれる店を探そうと思うんだけど、望お願いしてもいい？』

首を傾けながら、絵里が何の悪びれた様子もなく頼んでくる。提案してきた絵里を筆頭に三人で考えるのではなく、ましてや私と花菜でもなく、その頼み事はなぜか私だけに向けられた。

思わず、小さく「えっ」と洩《も》れる。それでも絵里は続ける。

『いやほら、望って部活もバイトもやってないじゃん？　うちらバイトで忙しくて探す時間もあまりないし、急に思いついたから日にちも迫ってきてるでしょ。それに、望はお店選びのセンス良さそうだし！』

『確かに！　いつも自分でお弁当作ってきてるし、料理上手だから美味《おい》しそうなお店選んでくれそう！』

絵里の言葉に花菜も続く。

確かに私は二人のようにバイトはやっていないし、部活にも入っていない。だからと言って、店選びが私だけに回ってくるのは明らかにおかしい。だけど、ここで断ったりなんかしたら、三咲の誕生日を本当に祝う気がないのだと二人に思われてしまう。それに、この状況下で断れるほど、私は空気が読めないわけでもない。いくつか候補店を探して、二人にも確認してもらおう。三人一致した店を選べば、最終的には三人で店を決めたことになるし、変な店だった時に私ばかり責められることもない。

不意に投げられたお願いに、私は不満を呑《の》み込み渋々承諾した。

その頷くまでの過程で、どれだけの感情が私の中で顔を出していたのか知る由もない二人は、重要な役目を担ってもらえたことに安堵しているように見えた。

そして、私はＳＮＳや店のレビューを駆使し、少ない日数でなんとか候補店を絞りこんだ。二人にも意見を求め、間違いなく三人一致で店を決めた。

初めての友達へのサプライズに、事前に店に電話をし、失敗がないように前日にもまた連絡をした。ケーキが運ばれるまでずっとソワソワして、食べた料理の味もよく覚えていないほど緊張していた。

無事にサプライズは成功した。三咲も涙目で喜んでくれて、出されたケーキも美味しいと言って食べていた。

そのはずなのに、今しがた教室で絵里と花菜が放っていた言葉は、まるで私の独断と偏見で決めた店だと言っているようだった。そして三咲も、美味しいと言いながら本当は微妙だと心の中で思っていたのだ。

学校に来て、友達と話して、思い出を作ることで、私はゆっくりと重く疲労を蓄積していた。

友達作りは難しい、友達との思い出作りも難しい。だから、恋なんてもっと難しいことをしている暇は私にはない。


重い足取りで帰宅すると、玄関には見覚えのない大きい革靴が、母のお気に入りのパンプスの隣に揃えられていた。

そういえば、と早朝に母が言っていた言葉を思い出す。

――「今日、望に会わせたい人がいるの」

三年間、母との二人きりだった生活に変化をもたらすように、ドラマ内のセリフのようなありきたりな言葉が母の口から出た。

そのことを思い出し、さらに気持ちが沈んだ。この扉を完全に閉めて、靴を脱ぎ、リビングに足を踏み入れた先に、私が幸せになれる未来は待っているのだろうか。……待っていない、気がした。

どうしようもなく逃げ出してしまいたい。だけど、この日逃げてもいずれまた機会を窺《うかが》って姿を見せるだろう。会わせたい人がいる、と事前に言われ、心構えの時間を与えられている今を逃すのはよくない。私の性格上、避ければ避けるほど気まずさが増して、より一層会いたくなくなるはずだから。突然対面させられるよりかはマシなはず。なんとか自分にそう言い聞かせ、私はゆっくりと扉を閉めた。

私の本当の父は三年前、私が中学二年生の頃に病気で死んでしまった。病気が見つかった時はすでに遅く、胃癌のステージⅣだった。

みるみる痩《や》せ細っていった父は、最期に私の手を握った。その冷たさに全身が粟立《あわだ》ったのを憶《おぼ》えている。父は、最後の力を振り絞るようにわずかに唇を動かし、私と母に言葉を残した。

『望、これからは言いたいことは我慢するんじゃないぞ』

父には、私のことは何でもお見通しのようだった。これからも伝えたいことは内に隠すだろうと思ったが、最期だけでも父を安心させたくて必死に頷いた。

『早苗《さなえ》』

早苗は、母の名前だった。

『望を頼んだぞ』

涙で濡《ぬ》れた私の顔とは正反対に、母は虚ろな表情で父の言葉を静かに受け止めていた。

　そんな母はその後、父の葬式を淡々と執り行い、親戚《しんせき》や父の職場の方々に丁寧に挨《あい》拶《さつ》して回り、始まりから終わりまで涙は一滴も見せなかった。「強い女性だ」と言う者もいれば、「案外さっぱりしている人なのかしら」と言う者もいた。

　実際、母は葬式には似つかわしくない真っ赤な口紅をつけていた。挨拶を交わし唇の口角が上がる度に、私は母に対して不信感を募らせていた。二人きりになってからも、弱い部分は見せず、父の遺影をただ茫然《ぼうぜん》と眺めていた。

　ただ強がっているだけなのか、見かけのとおり悲しくないのか。

　私は、昔から母のことがよく分からなかった。それは、母も然りだろう。

　父の他界をきっかけに、母は本当に父のことが好きだったのか、と疑問を抱くようになった。母と父の馴《な》れ初めを一度も聞いたことはなかったし、賑《にぎ》やかで仲のいい家族とも言いがたかったから。でも、その疑問を母にぶつけることはなく、日に日に口数が減っていく私に、母はいつも最後に諦《あきら》め交じりの嘆息をこぼしていた。

　父の最期の言葉を裏切る形で、私達の溝は深まるばかりだった。色んな疑問が喉《のど》につっかえたまま、もちろん誰も答えなんて教えてはくれず、今にも窒息しそうだった。

「初めまして、岩田聖《いわたひじり》です。君が、望ちゃんだね」

堅物な父とはまた違った温厚そうな男が、当たり前のように父がいつも座っていた場所に腰かけていた。これからこの席に座るのは、この人なのか。私はそれを受け入れることができるのか。

違和感を感じながらも、まだ一人で生きていけない子供の私は、変わりつづける現状を甘んじて受け入れ、順応していくしかない。

「はい、谷澤《たにざわ》望です。初めまして」

朗らかに笑う男を目の前にして、受け入れられない自分が反発するように、胡散臭《うさんくさ》い笑顔だなと心の中で毒を吐く。そうやってなんとか表面上では笑顔を作っていた。

今日は挨拶をしに来ただけだからと言って、岩田さんはあまり長居せず早々に帰って行った。

その晩、私は突如として現れた感情に抗《あらが》えず、母の目を盗んで真夜中に家を飛び出した。

誰しも一度は考えるだろう。

――〝消えてなくなりたい〟

今すぐに消えてなくなったらこの苦しみから解放されるだとか、将来に不安を感じたりせずにすむだとか、もう頑張ったりしなくてすむだとか。でも、今自分を苦しめている悩みが、果たして命を無駄にするほどの悩みなのかと問われると、何も言えなくなる。生きたくても生きられない人がいることは百も承知で、その人達の前で同じことを言えるのかと責められると、私はすぐに謝ってしまうだろう。

それでも、私はまた同じことを思う。消えてなくなりたいと。

そう、例えば、夜空に月が消える新月の日のように、一カ月に一日だけ消えてみたい。

「それ以上進んだら濡れるぞ」

その声に、反射的に足を止めた。

月が消えた夜空から視線を落とすと、川がすぐそこまできていた。

何も考えず無心に歩いていたら、家の近くの河川敷に着いてしまったようだった。でもどうして、足はこの河川敷に向かっていたのだろう。ある日を境に、私はここを避けていたはずなのに。

一瞬自分の内に閉じ籠《こも》るが、すぐに我に返り、一歩後退《あとずさ》って川から距離を取る。

「随分とおっちょこちょいなんだな。こんなでかい川なのに気づかずにそこまで歩くとか」

さっきの声がまた背後から飛んできて、やっと振り返る。

私に声をかけてきたのは、ちょうど同じ年頃と思われる男子だった。

彼は、私の顔を見るや否や目を見張った。私の顔に見覚えでもあるのか、パチパチと目を瞬かせている。だが、私は彼の顔に見覚えはない。

おかしな反応に違和感を覚え、首を傾けると、彼は何かを拭《ぬぐ》い去るようにかぶりを振ってから、私に優しく笑いかけた。驚いて視線を下に逸《そ》らすと、部活の練習着のような動きやすいラフな格好が目に入る。

この河川敷をさらに奥へと進んでいけば、整備されたグラウンドがある。そこでは週に一度ほど、サッカーや野球をして遊んでいる子供を見かける。たまに練習試合なんかもやっていてギャラリーがすごいときもあった。

彼もそのグラウンドで練習していたのだろう。にしても、スポーツに打ち込む学生はこんな夜遅くまで練習するのか。いや、おそらく練習着を寝巻にでもしているのだろう。

一通りのチェックを終え、もう一度彼の顔を見る。

健康的に肌は焼けていて、視界を邪魔するような髪型が流行《はや》っている中、彼は凛々《りり》しい眉毛《まゆげ》までしっかりと見える短髪で、青年というよりは少年みたいだった。真っ白な歯を全開に見せて、私を小馬鹿にするように笑っている。親しみを感じさせる清々《すがすが》しい笑顔に懐かしさみたいなのを感じた。

新月の夜に出歩いてみて、月が消えただけで夜は結構暗いことを知る。だけど、私の視界の真ん中にいる彼は、光を身体に纏《まと》っているような錯覚を感じるほど鮮明に映っていた。その光は、彼に元々備わっているオーラなのか、それとも近くの街灯が割と明るいからなのか、その答えが後者だと思いたいのは、自分に自信を持っている人達が見せる眩しい笑顔が好きじゃないという、卑屈な考えを持っているせいなのかもしれない。

「こんな夜遅くに出歩くのは危ないぞ」

「君も同じでしょ」

自分のことは棚に上げて私に注意してくる彼にムッとする。

「俺はいいんだよ、俺は」

なんだその理論は、と少し鼻につく言い方に眉が無意識に吊《つ》り上がる。初対面の異性と語らうつもりもないので、そろそろこの場を離れようと一歩足を引いたところで、彼が口を開き私を引き留める。

「まだ帰りたくないなら、俺の話し相手になってよ」

「やだよ」

すぐさま断りを入れると、彼は静かな夜の空気を切り裂くように高らかに笑った。

その大きな声にビクッとする。

「なんでだよ、どうせまだ帰る気ないいんだろ？　じゃあいいじゃん！」

まだ帰るつもりはないけれど、だからと言って君と話すつもりもない。ないのに、彼はその場にそそくさと座り、目で座れよと訴えてくる。

別に一人で黙々と歩く時間なんていつだって作れるし、人と対話する日があってもいいかな。そう考えるに至り、ほどよい空間をあけて渋々彼の隣に腰を下ろした。

「名前は？」

「……まずは先に名乗るべきじゃない？」

可愛げのない言葉が口を衝いて出る。

そんな私に、彼は苦い顔をする。後ろに手をつき、夜空に向かって吐くように膨大なため息をついた。

「お前堅物だな、ダイヤモンドより硬え」

「それは物理的な硬いじゃん、堅物の堅いは心理的なものでしょ？　間違ってるよ」

「うっわ、間も空けずに単語の意味を指摘してくるとは……お前、そんな考え方して疲れねえのか？」

「バカと話す方が疲れる」

「あははっ！　ひでぇ！」

彼の物怖《ものお》じしない口調に私も負けじと言い返せば、彼はまた豪快に笑ってみせた。

今の時刻は二十三時。あと一時間で日付が変わろうとしている頃、頻繁に人が通るわけもない。だからなのか、抑えることもしない哄笑《こうしょう》はある意味潔くて、昼間なら嫌悪感を抱くのに、今はうるさい男子だなと小さく笑みをこぼせるくらい受け入れていることが不思議だった。

「しゃーねえからこの優しい俺が先に自己紹介するか」

彼は私の我儘《わがまま》に応《こた》えるようにやれやれと肩をすくめている。それに少々苛立《いらだ》つ。

「久連松朔《くれまつさく》！　高二！　朔って呼んでいいぞ！」

久連松……えらく珍しい名前だ。

初めて出逢《であ》った苗字《みょうじ》に新鮮味を感じていると、朔が次どうぞと自己紹介を促してくるので、一呼吸置いて本日二度目の自己紹介をする。

「谷澤望。朔と同じ高二」

「望！　へぇ、望かー、いい名前だな！　そっか、そうかそうか。望か」

朔は何度も私の名前を確かめるように口にしながら、深く頷《うなず》いている。またしても変な反応に、私は若干引きながら朔を窺《うかが》うが満面の笑みで返される。どうやら自分が変な反応をしていることに気づいていないみたいだ。

「なぁ、望」

「なに？」

「また明日《あした》もここに来いよ」

「やだよ」

朔の唐突の誘いに、私はまた間髪をいれずに断る。朔はまたケタケタと笑った。

「なんでだよ、どうせ暇だろ？」

「暇だったとして、その時間を朔にあてるのは無駄遣いしてる気がする」

「いいじゃねえかよ、暇を持て余して意味もなくブラブラするより、俺と話した方が少しはマシだろ？」

「……まぁ、考えとく」

「よっしゃ」

明日またここに来るかは、明日の自分に問いかけてみないとわからない。そういう意味で私は一旦《いったん》保留にしたのに、朔は『嫌だ』以外の単語はどうやら『ＯＫ』と見なすらしい。しまったと思いながらも言い直さなかったのは、明日も高確率でまたここに来るだろうと今日の私が思っていたからだ。

「じゃあ、話をしよう。望」

その合図を引き金に、解散するまで朔の口が閉じることはなかった。

私達は日付が変わる直前まで、本当にどうでもいい話ばかりをした。その間、河川敷を通ったのは夜に犬を連れて散歩する女性くらいで、私達は夜の河川敷をふたり占めしていた。

第二章　三日月

朔と出逢った新月の夜、朔は「また明日」と言って私の前から消えていった。私も「また明日」と返したような気がする。だけど翌日、朔には逢《あ》いに行かなかった。

あの日の私は、確かに次の日も朔に逢いに行くだろうと高確率で思っていた。だけど、やっぱり明日の私になってみると、名前と年齢しか知らない朔に逢いに真夜中に家をこっそりと抜け出すのはいささか抵抗があった。

夜中に出歩いているなんて母が知ったら当然危ないと叱責するだろうし、もし私が朔と夜中に話している光景をクラスメイトにでも見られたら冷やかしの対象になってしまう。99・9%見られる可能性がないとしても残りの0・1%を運悪く引き当ててしまうかもしれない。そんなことを悶々《もんもん》と考えていると、どうしても逢いに行く気にはなれなかったのだ。

そしてもう一つ、〝河川敷に行くこと〟を躊躇《ちゅうちょ》する自分がいたから。

日付が変わる一時間前の二十三時、ベッドの上に乱雑に放置されたスマホが光る。

画面には三咲からのメッセージが映し出されていた。

【もう眠すぎて限界！　ごめん望、数学の課題明日写させて】

一昨日《おととい》の放課後に三咲達が話していた内容が蘇《よみがえ》ってくる。今のグループで私は間違いなく浮いている。これ以上浮いた存在でいたくない。もっと上手に対応して彼女達に馴染《なじ》まないと。そう思い【いいよ】と送った。

同じグループの三人はバイトをしている。

絵里はスーパーとコンビニのバイトを二つ掛け持ちしていて、花菜は大学生と年齢を偽り飲食店のバイト、三咲はお洒落《しゃれ》なカフェのバイトをしながら毎日のように彼氏と会っている。バイトをしているからか、三人が使う金額は高校生がひと月で消費する平均金額よりも何倍も高いと思う。いつも千円はゆうに超えるカフェでお茶をし、流れるように百貨店に入ると、今唇に塗っている色と似たようなデパコスのリップを購入し、二万円の服を明日給料日だからという理由で購入しているのを何度か見ている。それに比べ、私は三年間もの間母との二人暮し。母に代わって家事や洗濯をするためバイトはできず、毎月の生活費から余ったお金が私のお小遣いになる。上手《うま》く遣り繰りすれば、五千円残る時もあれば、野菜の高騰で五百円ほどしか残らない時もある。生活費が足りなくなりそうだから多めに欲しいと言えばもらえるだろう。だが、そこまでして三咲達と遊びたいかと言われるとそうでもない。だから、度々遊びの誘いを断っている。そのせいもあって、私は浮いている。

ああ、また。どうしようもないあの感情が湧いて出てくる。消えてなくなりたいと。

スマホの真っ黒な画面に映る自分の顔がなんとも哀れで、私はスマホを裏返し画面を隠した。

トントン、という音にハッと我に返る。まだ明かりが点《つ》いていることに気づいた母が、私の部屋の扉をノックしたようだ。

「望、まだ起きてるの？　起きてるならちょっとだけ話いい？」

扉越しに問われ、私は返事をして扉を開ける。

「なに？」

「来月の五日、予定を空けといてほしいの」

来月の五日、七月五日。その日は母の誕生日だった。もちろん、お祝いするためにその日はちゃんと空けている。

「岩田さんと三人で食事したいと思っているの」

……ああ、そういうことか。

岩田さんの名前が母の口から発せられただけで絶望する。

その日何をするのか、誰に会うのかも決まっている状況はもう『予定』とは言わず『決定事項』なのではないか。元々、私に断る選択肢はないのだと分かり、ため息がこぼれそうになった。

「……わかった、空けとく」

「よろしくね」

私が頷くと、母はあからさまに安堵《あんど》した表情で顔を綻《ほころ》ばせながら部屋を出て行った。

閉められた扉の向こうで、廊下をご機嫌に歩く母の足音が耳に障る。どうしようもない虚無感が私を襲い、視界が歪《ゆが》みはじめる。

——「また明日もここに来いよ」

「……朔」

気づいたら彼の名前を口にしていた。

胸が締めつけられるほどの苦しさから解放されたくて、寝室に入った母に気づかれないようにゆっくりと家の扉を開ける。

スマホも財布も持たずに家を出た私は、まっすぐに歩みを進め河川敷に着く。

わずかに満ちた月の光に照らされながら凛々《りり》しく立っている朔の後ろ姿を見つけ、私はゆっくりと足を緩める。

その時、背中に目でもあるかのように、私がいることを信じて疑わない目で朔が振り返った。ドクン、と心臓が強く脈打った。

「やっと来たか」

目を細め笑う朔は、初めて逢った時と何ら変わらない笑顔を私に向けてくれた。その笑顔に安堵し、みるみると心が平らかになる。

「昨日来なかったな」

「……行くっては言ってなかったし、いいかなって思って」

「まぁ、それもそうだな。でも、俺は待ってた」

朔の目はまっすぐだった。まだ、大人の理不尽な行動やずるい正論に染まっていない子供のようなまっすぐな目。

待ってたなんて、そんな恥ずかしい言葉を高校生という思春期にもかかわらずよく吐けるなと感心する。同時に気恥ずかしさも感じていた。みぞおちあたりがムズムズする。

「私が今日も来なかったら、朔はずっと待ちつづけることになってたね」

「だからって明日《あした》からは来ないとか、なしだからな！」

「それは、明日になってみないとわからないかな」

明日の私は、消えてなくなりたいなんて思わないかもしれない。

私は綺麗《きれい》な三日月を見上げながら、朔の「待ってた」という言葉を頭の中で反芻《はんすう》させていた。出逢《であ》ったばかりで私のことなんて何も知らない朔が、来るかもわからない私のことを待ってくれていたのだ。その事実は素直に嬉《うれ》しかった。

「今日の望はここに来たかったのか？」

来たかったからここに来たわけじゃない。ただ家に居たくなかったから。だけどそんなことを言って何かあったの？　と、自分の環境に踏み込まれると答えられる気がしなくて、私はゆっくりと口を閉じた。

「明日の望は、明日にならないとわからないのか？」

一つ目の質問の答えをもらえていないのに、朔はさらに質問を重ねる。一つ目の質問よりも若干踏み込んだ二つ目の質問に、私は朔から目を逸《そ》らした。

口を噤《つぐ》み、答えようとはしない私に、気を遣って違う話題に変えようとは思わないのだろうか。そう不満に思うが、朔はただ聞きたかったことを私に質問しただけだ。答えたくないのならはっきりそう言えばいい。なのに、何も言わず黙りこくり、その反応で察して朔に気を遣えだなんて私は何様なんだ……ありえない。

自分にまた絶望していると、一歩分くらいの距離を空けて隣に座っていたはずの朔が、いつの間にか月を背に私の前で佇《たたず》んでいた。暗くて朔の表情が確認できない。

「やっとこっち見た」

朔がぼそりと呟《つぶや》く。

これはもう癖だ。言いたいことを我慢するとき、言いたくないことを隠すとき、私はいつも隠すように顔を伏せてしまう。

また、ぎこちなく視線が泳ぐ。そんな私を逃がすまいと、朔はしゃがみこんで私と目線を合わせてくる。そして、人差し指を突き出し、私に触れるか触れないかギリギリのとこで止めた。

「眉間《みけん》」

「……え？」

「眉間に皺《しわ》寄ってる。癖にすると痕《あと》がつくぞ」

考え込んでいたせいで、いつの間にか眉間に力が入っていたようだ。

朔に指摘され、私はゆっくりと顔からいらない力を抜く。その様子に、朔は満足げに笑って「うん、それでいい」と頷《うなず》いた。

「望はもっと力抜いた方がいい。気づいたら、眉間にも手にも肩にもずっと力が入ってる気する」

……そう、なのだろうか。

自分ではよくわからないけど、朔にはそう見えているようだった。

「俺、別に望と話したいだけだから。望の話に否定入れたり、下手なアドバイスするつもりもねえよ？　俺は、望の話を聞いて、ただ相槌《あいづち》打って、そんで次は俺の番だなってくだらねえ話して、明日になったらなんの話したっけってなるような他愛のない話がしたいだけだから」

朔の気の抜けた話し方と、暇つぶしするようにぐるぐるとその場をただ回る意味のない動きに、私の凝《こ》り固まっていた身体からみるみると力が抜けていき、不自由にさせていた身体が徐々に軽くなっていく。

朔は不思議だ。力の抜き方を知っているし、朔と話すと一緒になって力が抜けていく。多分朔は、私が消えてなくなりたい日があると話しても、否定も肯定もせず、まず第一声に「ふーん」という腑《ふ》抜けた相槌を打つ気がした。そんな想像をするだけで可《お》笑《か》しくて、また力が抜けた。

「じゃあ、話をしよう。望」

朔は初めて逢《あ》った日と同じことを言い、私達はまたくだらなくて、どうでもいい、他愛のない話を始める。

「望の好きな食べ物は？」

「……普通の食べ物」

「普通ってなんだよ、望基準の普通なんて俺にはわかんねえよ」

「酸っぱくなくて、辛くなくて、しょっぱくなくて、甘くない普通の食べ物。朔にはわかるかな」

「んー……あっ、わかった！　要するに素材の味を活《い》かした料理ってことだろ？　色んな調味料で味つけしてないやつ！　な！　そうだろ!?」

「正直に言うと、お餅《もち》が好き」

「最初からそれ言えよ」

「変なこと言っても、朔は真面目に考えてくれるから面白い」

「くそ、弄《もてあそ》びやがって」

朔は仕返しするように近くの雑草をむしり取るような動作を見せ、私に向かって投げつけてくる。瞬時に、顔を背け小さく身を丸めた。朔の投げつけた雑草が当たる面積を小さくするためだ。だが、顔にも身体にも当たった気配はない。恐る恐る目を開けると、朔がニタニタ顔で私を見ていた。服や周りを確認するが何も汚れてはいない。

「ちょっと！　なんも投げてないじゃん！」

「あははは っ！」

身構えた私に、朔は指を差しながらケラケラと笑って「ビビってやんの！」と挑発してくる。

まだ初対面に等しい間柄なのに、ムカつく奴だと苛立《いらだ》ちがつい顔に出る。それでも朔は楽しそうに笑っていた。

朔は本当によく笑う。とても大きい声で。それに釣られて私も声を出して笑った。

「じゃあ、今度は私ね。朔の好きな食べ物は？」

朔が質問して、その次に私が質問して、それを何度も繰り返しながら私達は互いのことを少しずつ知っていく。

「スイカの漬物」

「待って、なにそれ」

「知らねえの？　スイカの皮を漬物にすんだよ」

　スイカの皮を漬物にする？　あの硬い緑の部分を？

　それって美味《おい》しいの？　と言うように顔を引きつらせると、朔は「ガチの皮じゃねえぞ」と私の脳内を読んで否定を入れる。

「赤い実とシマシマ模様の皮の間に、皮より柔らかいけど実じゃない緑色の皮あんだろ？　あそこを漬物にすんだよ」

「へぇ、朔の家ではそれが普通の食卓に並ぶの？」

「おう、実をちょっと残して漬けるとさらにうまい！」

　朔がこんな真夜中にこの河川敷に来るってことは、家もここから近いはず。同じ地域に住んでいても、テーブルに並ぶ料理はこうも違うのかと驚いた。

「でも、スイカってことは夏にしか食べられないじゃん」

「そこが特別感あっていいんだろ？　俺的には毎日食べられたら、それはもう好きな食べ物には入らねえから」

「毎日食べたいから好きな食べ物になるんじゃないの？　ちょっと朔って考え方がズ

レてるよね」

「望にだけは言われたくねえ」

「なんだと！」

私は朔の真似をするように、近くの雑草をむしり取り朔に投げつけた。朔は投げたフリだったが私はしっかり顔面目がけて投げつけた。だが、私の考えは朔にはお見通しだったのか、すぐに避《よ》けられ「まだまだだな！」と挑発してくる。

「ほんとムカつく！」

それが悔しくて、いつもよりも強い口調で声を荒らげ足をバタバタさせる。小さい子みたいに地団駄を踏む私に、朔は腹を抱えて笑っていた。

綺麗《きれい》な三日月の下で、歯を全開に見せて大声で笑う朔は、やっぱり月のように光って見えた。

星じゃなくて、星よりももっと輝く月のように。

＊

——消えてなくなりたい。

表情筋が疲れはじめて顔が麻痺《まひ》したようにピクピクと動いているのに気づいた時、

自分は今無理して笑っているのだとわかった。友達の前でも、母の前でも、その麻痺はずっと続いていて、無理して笑っていることに気づかれないかという恐怖も次第に付き纏《まと》うようになった。〝もう誰も私のことを見ないで〟と思った。

その日を境に、電車に乗って学校に向かう途中、電車に乗って学校から家へと帰る途中、乗り過ごしてこのまま〝どこか遠くに行きたい〟と頻繁に思うようになった。

三咲達と休日に出かけたときも、三人だけが「彼氏が」とか「バイト先の先輩が」とか、共通の話題で話が盛り上がっていた。話についていけなくなった私はふと足を止めた。私が足を止めたことに気づいていない三人は、恋バナに花を咲かせながら、SNSで見かけた誰かが投稿したお洒落《しゃれ》なカフェを目指して歩いている。

行き交う人混みの中で、三咲達はその流れに逆らうことなく歩みを進め、溶け込むように埋もれていく。

順応しなければ。

足を止めずに歩く人達の邪魔をするように動かない私は、上手《うま》くこの世界に溶け込めてはいなかった。

それに気づいた時、今度は〝消えてなくなりたい〟へと変化していた。

家に帰れば、静寂な空間が待っていた。父の他界で母が本格的に仕事に打ち込むようになり、私が夜ご飯の準備に掃除、洗濯をこなすようになった。最初の頃はスマホで調べたレシピを片手に、精一杯料理をしていた。慣れない家事に毎日せわしなかったが、それが慣れると難しかった作業がルーティーンとなり、手を動かしながら別のことを考えられるようになる。徐々に日が暮れはじめると、決まって私の心も一緒になって沈んでいく。圧倒的に一人の時間が増え、寂寥《せきりょう》感は増すばかり。考えることはいつもマイナスなことだった。

二十二時を過ぎても家に帰って来ない母に、根を詰めすぎではないかと心配していた時期もあった。でも、知らない男の人が運転する車から降りてきた母を見たとき、その心配は杞憂《きゆう》に終わった。その時が一番、消えてなくなりたいと強く思った瞬間だった。

どうせまた夜遅くに帰って来るにちがいない、それでも期待するように母の分も作りつづけた。でも期待はいつも裏切られた。冷めきった料理にラップを掛け冷蔵庫にしまう。いつしかその一連の流れを淡々とこなしている自分に気づいて、また消えたくなった。

気づくと、私の消えてなくなりたいは、綿のように軽くて、息をするかのように自然と洩《も》れ出るようになった。それがたまらなく申し訳なくなった。

誰に申し訳なくなるの？――それは勿論《もちろん》一生懸命生きている人達にだ。

『六月二十一日午後五時二十五分頃、熊本県八代市《やつしろし》萩原町《はぎわらまち》を流れる球磨川《くまがわ》で男子生徒が流されていると、地域住民から消防に通報があり、男子生徒は無事救出されましたが意識不明の重体で緊急搬送されました。警察によりますと、川付近で遊んでいた小学生が誤って川に落ち、溺《おぼ》れているところを近くにいた男子生徒が救助したのち流されてしまったようです。詳しい状況は未《ま》だ捜査中だと――』

そう。例えば、自分の身を投げ打ってまで小学生を助けた勇気ある男子生徒のような、一生懸命生きている人に申し訳なくなるのだ。

私はテレビから流れる、過去一週間分をまとめたニュースを聴き流しながら、洗濯物を畳んだ。

今日は朔のところに行こうかな、そう考えるだけで私の落ち込んだ気持ちが少し和らいだ。

あんなに躊躇《ちゅうちょ》していた河川敷も、行きだしたらどうして今まで行くのをこんなにも躊躇《ためら》っていたのだろうと不思議に思うほど、私にとっては落ち着く場所に変わっていた。

母は二十時時頃に帰宅し、二十二時頃に早々に寝室に入って行った。そんな母の目を盗んで私はまた家を飛び出し、夜になった世界へと繰り出す。

今日は少し早めに家を出たのに、朔はもう河川敷に来て立ち尽くし、月を見上げていた。

日が経つにつれ、月が満ちていく。月と同じで、私の心も朔と出逢《であ》ったことにより、少しずつ何かが満ちている気がした。

「何考えてるの？」

背後からそう問うと、急に話しかけて驚いたのか勢いよく朔が振り返った。

「驚かせんなよ、今日は随分早いんだな。さては、俺と話すことに快感を覚えたか？」

「……そうかもね。朔と話すと張っていた気が緩んで少し楽になる」

本音を口にしながらいつもの定位置に腰かけると、朔は目を見張り、パチパチと瞬かせていた。

「なに？」

「いや、望がそんなに素直に思ってることを言うとは思わなくて驚いただけ」

「ダメ？」

「いや、全然！　もっとユルユルになって、全部吐いちまえよ。俺の前では」

朔は私に力の抜き方を教えてくれる。

昼間じゃない、真夜中の日付が変わる間際のこの時間にだけ、逢ってただ話をするという朔とのおかしな関係は、傍《はた》から見ればやましくて、男女の関係でもあるのかと疑われる行為かもしれない。それでも、この時間は今私が生きていく上で必要な時間だと思った。血縁関係にある母でも、私と昼間に遊ぶ友達でも、今私がここで味わっている安心と同じものを彼女達はくれない。朔と話すことでしか味わえないのだ。

「朔」

「ん？」

「話をしよう、朔」

今日も私は、朔と話をする。

「俺の言葉取んなよ」

「うん、ごめんね」

そう言うと、朔もまた定位置に腰を下ろした。


「朔の質問って大体好きなものだよね。好きな食べ物とか、好きな教科とか、好きな色とか」

私達は共通の話をして盛り上がるほど互いを知らないので、まずはそういう子供が交わすような会話ばかりを繰り返していた。

朔はいつも『好きなもの』を聞くが、私はたまに『嫌いなもの』も聞く。だけど嫌いなものの話をする時は、いつも話が広がらない。そしてすぐに「俺の番な」と言って好きなものの話に切り替わる。

「俺の嫌いなもの聞いて望に得あんの？」

「得っていうか、好きなもの話していてじゃあ逆に嫌いなものは？　みたいな流れにいくのは普通だと思うけど」

「俺、普通に囚《とら》われない人間だから」

ああ、また調子良いこと言って流される、そう思った。

朔は触れられたくない何かに少しでも触れられそうになると、器用に避けて瞬時に話をすりかえる。

今日は新月から六日目の夜で、朔と出逢ってから五日が経った。私達の変わり映えしない関係に今日こそアクションを起こす気で私はここに来ていた。

「朔は、どこから来たの？」

朔のことが知りたい。もう少しだけ、ほんの少しだけ、朔の世界に踏み込んでみたかった。

自分のこともろくに話していないのに朔のことを知ろうとするのは、多分朔が私の気持ちを理解できる人なのか確証が欲しいからだと思う。否定されたり、わからないと言われたり、気にしすぎだと嘲笑《あざわら》われたりするのが怖いから、まずは朔のことを先に知って見定めているのだ。浅はかで軽率な考え方で、また自分が嫌になる。

私は朔に何を求めているのだろう。

もしかして私は、自分が欲しい言葉をくれる良き理解者を欲しているのだろうか。自分の体内にゆっくりと流れる禍々《まがまが》しい黒い感情に、朔という光を取り込もうとしているのではないか。

「待って」

朔が答える前に、欲張りな自分をなんとか諌《いさ》めた。

「や、やっぱり答えなくていい」

これは間違っている。

私の良き理解者になってほしいがために、朔の世界に踏み込むのは違う。絶対に。

私は確かに朔の口から私の欲しい言葉をくれることを願っているけど、それに勘づいた朔がわざと私の欲しい言葉を口にするのは嫌だ。朔は、朔のままでいてほしい。

「はあっ、だから！」

朔が投げやりなため息を吐いた。

「眉間《みけん》に皺《しわ》！　力抜けって！」

朔に二度目の指摘を受ける。学ばないなあ、と朔が不満を垂れている。

苦笑で返しながら、私はゆっくりと眉間から顔、肩、身体と順に力を抜いていく。

「なんだっけ、どこから来たって質問だったっけ？」

「やっぱり答えなくて――」

「月」

「……は？」

「月。月から来た」

……コ、コイツ、私がこんなに悩んで考え込んでやっぱりいいと質問を取り下げたのに、その答えをファンタジー寄りで返してきやがった。

そうだ。朔は、答えたくなければおかしな冗談で軽く流す人だった。

「偉くロマンチストだね」

「だろ？　男はみーんなロマンチストなんだよ」

「……なんか、朔といると気抜けるけど、バカで逆に疲れたりもするなあ」

「おい！　失礼すぎだろ！」

「今日は月が綺麗《きれい》ですねとか言いたいタイプ？」

「俺は単刀直入に好きだって言うタイプだ」

「全然ロマンチストじゃないじゃん。あっ、でも素直に月が綺麗とか言っちゃって、え？　告白じゃないけど？　って後からバカ発言して女の子を怒らせそうなタイプではある」

「どんなタイプだよ！　変に話広げんな！」

私にからかわれたことが不服だったのか声を荒らげ、でも顔は楽しそうに笑っていた。朔の大きな笑い声と心から楽しんでいる笑顔は、私の消えてなくなりたいという最低な欲求を軽減してくれる。

互いに名前しか知らない関係のまま、笑うためだけに会話をする。

今はそれだけでいい。それだけがいい。

第三章　上弦

挨拶《あいさつ》を交わしながら教室の奥へと進んでいくと、三咲が机に突っ伏して泣いていた。

そんな三咲の背中や頭を撫《な》でる花菜と絵里。

「どうかしたの？」

どんよりと湿った不穏な空気に胸がざわつきながらも、恐る恐る声をかけた。

三咲は顔を上げず、代わりに花菜と絵里が気まずい顔で答える。

「三咲、彼氏と別れたんだって」

「え」

楽しそうに彼氏との惚気《のろけ》話をしていた三咲だが、そういえばここ最近は三咲の口から彼氏の話題を聞いていなかったことに今さら気づく。それで、こんなにも泣いているのか。

「好きな人ができたから別れてほしいって……ほんとありえないっ」

やっと顔を上げた三咲の顔面は涙でびしょ濡《ぬ》れだった。

恋愛は永遠ではない。私はそれを母に教えられたから、三咲がこうして泣いている
のを見てもやっぱりね、とどこか冷めた感情しか湧いてこなかった。
「自分から告白しておいて、さすがにない！」
「……ほんと、そうだよね」
絵里は三咲よりも苛立《いらだ》っていて、花菜は変な間を作り絵里に同調した。その不自然
な間が気になった。花菜の方を見やると、三咲を思いやる目ではなく、憐《あわ》れむような
同情的な目を向けているように見えて、慌てて目を逸《そ》らした。見てはいけないものの
ような気がして、急激に身体に力が入る。
「今日はさ、カラオケとか行って全部発散させようよ！」
「うん！　それがいいよ！」
「本当？……望も来てくれる？」
潤んだ目で三咲に問われ、ここで断ったら学校生活が終わると危惧《きぐ》した私は当然
頷《うなず》いた。
ケーキの一件以来、私は三人に心のどこかで壁を作っている。言い慣れたように私
への不満をこぼしていたことに、普段から私の知らないところで言っているのだろう
と考えずにはいられなかった。少し席をはずし戻った時、三人が盛り上がっていると
ころを見ると、自分の悪口で盛り上がっているのではないか、と被害妄想を頭の中で

繰り広げてしまう。三人の笑い声に怯《おび》えている自分をどうにか守りたくて、私は三人と少し距離を置いていた。でも、今はやむを得ない。一緒にいるとどうしても味わう苦痛から逃れたいのに、三人から離れる勇気もない。私はもう彼女達のことを友達という認識で接していないのだろう。孤独にならないための繋《つな》ぎにすぎないのかもしれない。私は、つくづく自分勝手だ。

また顔が麻痺《まひ》したようにピクピクと震える。足を誰かに摑《つか》まれたように自由が利かない。身体が鉛のように重く、肩も強《こわ》ばり、無意識に眉間に力が入る。それと同時に私の視界が狭まっていくのを感じた。

——「だから、力抜けって！」

朔の声が聴こえた気がした。この場に、朔がいてくれたらいいのに。そう思いながら、私はまだ泣きつづける三咲の背中を二人と同じように撫でた。

＊

「今日は上弦だな」

朔が仁王立ちで半分の月を眺めている。

今日一日学校では、三咲の逆鱗《げきりん》に触れないように細心の注意を払いながら腫れ物にでも触るように接した。

放課後のカラオケ三時間も、元カレの愚痴と悪態を吐きつづける三咲に相槌を打ち続け、聞き役に徹した。こうやって三咲は私の愚痴も絶えず口にしているのだろうか。そんな被害妄想が頭から離れず、そこから逃げ出したくてしょうがなかった。こんなにも一日が長いと感じたのは久しぶりで、ものすごく気疲れした。

「今日は元気ないな、望」

いつもさほど元気はないが、ここに来てからまだ朔を一度もからかっていないことが一段と元気がないことへの証明になっていた。

「ちょっと、今日一日疲れちゃって」

「疲れてるのに来てくれたのか?」

疲れているなら今日は早く休めばよかったのに、と心配な面持ちで私を見る。

「一人でいるより、眠るより、ここで朔と話す方が一番休めている気がする」

朔と話す安心感にやられ思わず吐露すると、朔が口をムニムニさせ、抑えきれない笑みを隠そうとしていた。

「……嬉《うれ》しそう」

「ごめん、だいぶん嬉しい」

朔は自分の頰を叩《たた》きながら、それでもゆるむ頰に可笑《おか》しくて笑みがこぼれる。朔の感情は顔と直結していて、全部表情に出る。単純でわかりやすくて面白い。だからなのか、気になってしまう。

「朔はさ、気持ちが沈んでしまうことってある？」

毎日楽しそうに笑っている朔が、落ち込んだり泣いたり悲しんだりする光景が想像できない。朔も、私みたいな陰の部分があるのか気になったから、何気なさを装い訊《き》いてみた。

朔は、私の隣に腰を下ろし、ポツリとこぼす。

「雨が降ると、ちょっとだけ気持ちが暗くなるかな」

「朔も天気に左右されるんだ」

「俺を誰だと思ってんだ、望と同じ人間だぞ？」

「え？　そうなの？」

「おいっ」

「あはは、ごめんごめん」

朔に逢《あ》えば不思議と身体が回復して、やっとからかうほどの元気が戻ってくる。

「俺、サッカーやってんだけど、雨になるとグラウンド使えなくなるから嫌いなんだよ」

〝サッカー〟に懐かしさを覚えた。それと同時にわずかな痛みも。

「へえ、サッカー……。そっか、サッカーやってるんだ。あっじゃあ、いつも同じ服なのは練習着？」

「……まぁ、そう」

何かに引っかかる。でも、その何かがわからなくて歯切れが悪くなる。私に釣られたのか、なぜか朔も歯切れを悪くさせ、互いに気持ち悪い間を作った。

「上手なの？」

「超絶うまい！　俺がいないと負けちゃうから！」

「自己評価高くてかわいそー」

「他者評価も高いから安心しろ」

一瞬のぎこちなさを気のせいにするみたいに、また私達は軽口を叩き合った。

鼻を膨らませて自慢げに威張る朔に、私は薄笑いで返す。

「その顔、ゴリラみたい」

「ついに俺の顔までバカにしはじめたよ。そろそろ泣くぞ？」

「ごめんって、朔はかっこいいよ」

「えっ」

ゴリラだと言って侮辱したことへの挽回《ばんかい》でかっこいいと口にしたが、本当にそう思っていた。朔はかっこいいと思う。

瞬間、朔はみるみる顔を赤くし目を泳がせはじめた。

「……え、照れてる？」

意外な反応に、私も朔と一緒に動揺する。

「〜〜、やめろ！」

朔はさらに顔を赤らめた。

「照れてんの？　かっこいいって言ったから照れてんの⁉」

「マジやめろ！　俺をこれ以上からかうな！」

「朔ってあんまりそういうのに慣れてないの？　可愛いね」

「可愛い言うな！」

朔は「うわああ」と声にならない声で悶《もだ》えながら必死に大きな手で顔を隠す。指と指のわずかな隙間から顔を見ようと覗《のぞ》き込むが、すぐに躱《かわ》される。そんなじゃれ合いを私達はしばらく続けた。

このじゃれ合った時間だけでまた朔のことを知れた。朔はサッカー部に入っていて、雨になると少し気分が下がる。そして、かっこいいと言われると顔を真っ赤にして照れる。

「あー、朔と同じ学校だったらもうちょっと学校に行くのが楽しみになるのになぁ」

気が緩みまくりついつい吐露してしまう。

「なんで？　望は学校好きじゃないのか？」

すかさず朔に突っ込まれ、一瞬にして気持ちが沈んでいく。

「……好き、じゃない。むしろ嫌いかな」

嫌いなものの話について朔は広げたりしないことを知っているから、私はわざと「嫌い」と口にしてここで話を終わらせようとする。だけど、朔はこの日だけ踏み込んできた。

「望はいつも何に落ち込むんだよ。学校が好きじゃないってことは、勉強のこと？　それとも――友達のこと？」

いつの間にか下がっていた顔を〝友達〟という単語が出てきた瞬間、分かりやすく上げてしまう。

朔は、目を細め優しく「話してみ？」と促す。気づくと、魔法にかけられたみたいに固く結んでいた口をほどいていた。

「朔は」

声が震えている。それでも、私はもう止まることができない。

「消えてなくなりたいって、思ったことある？」

そう口にした瞬間、時間が止まったように風に揺れる木々の音が消え、虫が鳴き止んだ。静寂が肌を刺すように痛い。朔から目を逸《そ》らす寸前で、朔が瞬きを一回する。

伏せた目が開くまで、ゆっくりとスローモーションのように長い睫毛《まつげ》が上がる。もう一度、朔の瞳《ひとみ》が私を捉《とら》えようとした時、怖くなって瞬きをするその一瞬を見計らって目を逸らしてしまう。

やっぱりやめておけばよかった。私はこれ以上変なことを言わないように口を手で覆い、さらに強くつぐんだ。今までの楽しい会話に水を差すような、私の発言は一般常識でいうと〝空気が読めない枠〟に分類されるだろう。

「望」

私の肩が震えるようにビクつく。

「望は、死にたいのか？」

その問いに、顔を上げ朔を見る。

〝消えてなくなりたい〟と〝死にたい〟はイコールで結びつくのか。消えてなくなりたいから死にたいという感情になるのか、死にたいから消えてなくなりたいと思うのか。

私はその問いに上手《うま》く答えられずに、言葉を詰まらせる。

「俺が思うにさ、一見消えてなくなりたいと死にたいは似てるけど、同じではないんじゃないかな。どっちかって言うと、消えてなくなりたいは、逃げたいと似てる気がする」

逃げたい？

「現状から逃げ出したくてもがいているけど、どこに行ったらいいかわからないから、それならいっそ消えてなくなりたいって思うのかもしれない」

朔の並べた言葉は、言語化できない私の心の内を代弁してくれている気がした。

「消えてなくなりたいって思うのは、別に望が悪いわけじゃない。元々その人の生まれ持った特性みたいなもんなのかもしれない。周りの音や声や匂い、空気に敏感で、それが原因で他の人より疲れやすく感じてしまって、苦しくなったりする人だっている」

消えてなくなりたいと思うことは、頑張って生きている人や、頑張って生きようとしている人を怒らせてしまうような感情で、そう思うことですら申し訳なくて、それが悪循環を生み、また性懲りもなく消えてなくなりたいと思ってしまう。

自分でもどうしようもできないこの感情に、朔は私が悪いわけではない、そう思ってしまうのは私だけじゃない、と優しく諭してくれる。その言葉に、救われるようだった。

「ごめんな、望。俺は望のことを全部理解してあげられるほど人間できてねえんだよ。俺は見たとおり、おちゃらけてるし、好きなこと見つけて全力で突き進んできた人間だから、望の消えてなくなりたいはあんま俺にはわからん。だけど、この時間だけは望を楽しませる自信はある」

暗澹《あんたん》とした気持ちに、月のような明るさを纏《まと》った朔の言葉が灯《とも》る。

「この時間のためだけにここに居たいって、そう望に思わせられる自信が俺にはある！」

朔の自信満々な顔は、この七日間で一体何度見たことやら。

身体から溢《あふ》れんばかりの自信と、まったく根拠がないにもかかわらず絶対的な発言で、確かに朔は私の幸福感を満たしてくれた。

「だからさ！　俺と話すためだけにもう少しここに来いよ！　明日《あした》も明後日《あさって》も！　俺は絶っ対に望を笑顔にできるから！」

スポットライトのように月が朔を照らす。

「ねぇ朔……絶対って絶対的なパラドックスで、絶対はそもそも絶対に存在しないっていう意味にもなりうるわけで――」

「だー！　うるせえ！　小難しいこと言うな！　そういうこと言ってっから、マイナスな感情に脳が傾くんだよ！　バーカ！」

「バ、バカ!?」

バカな朔にバカと言われ、私は不服な顔をして睨《にら》みつける。そんなちっぽけな睨みなんか物ともしない朔がしめしめと笑った。

「ほら、いつもの望に戻った。やっぱり俺はバカの天才だ」

「バカなのに天才？　どういう意味？」

「望も俺みたいにバカみたいに笑って、バカ言い合えば、頭ん中バカになって嫌なことも考えられなくなる」

まるで、バカになることが治療薬とでも言いたげに、朔は誇らしげに「やっぱ天才だ！」と自分を褒め称《たた》えていた。本当に、朔といると気が抜ける。

「朔は、眩《まぶ》しいね」

「そうか？」

「うん。本当に月から来た人みたい」

そう言うと、朔は一瞬目を見張るが、またすぐに笑って月を指差した。

「俺の権限で望のことずっと照らしてやるよ」

そんなに月も朔も独り占めしたら、それこそみんなに後ろ指を指されてしまう。なんて朔の冗談を素直に真に受けて、こんなところでもまた申し訳なさを感じている自分が可笑《おか》しくて笑みがこぼれる。

「またキザなこと言ってる。恥ずかしくないの？」

「めちゃくちゃ恥ずかしい」

「恥ずかしいんかい」

朔と話すのは本当に楽しい。異性とは妙に緊張して長く話せなかったけど、朔はなんか違う。朔の人柄がそう思わせてくれるのか、それとも友達が近くにいないから変に冷やかされることもないと安心して話せるのか。どちらなのか、それともまだ何か違う感情が隠れているのか、答えを出す前に私は考えるのをやめた。答えを出さなくても、今この時間を大事に思うのなら、深く考えずに純粋に朔と一緒にバカになりたいと思ったから。

*

放課後、少し足を伸ばして学校の最寄り駅から二駅先の大きな書店へと向かう。気になっていた本と新刊を複数冊購入し、心を躍らせながら帰る道中、見知った横顔に足を止めた。

……花菜？

「少しの時間だったけど来てくれてありがとう。じゃあまたね、大樹《だいき》くん」

視線の先には、これからバイトだと言って早足で帰って行った花菜がいた。見覚えのある男の子に別れを告げ、名残惜しそうに絡めていた手を離す光景が目に入る。

花菜は彼に小さく手を振りながら見えなくなるまで見送ると、踵《きびす》を返し私が立っている方へと歩きはじめた。そして、花菜と目が合う。

「望……」

明らかに見てはいけないものを見てしまったことに戸惑いが走り、その場から動けず、案の定花菜に見つかってしまう。花菜は、驚きと絶望を入り混じらせたような表情で顔を引き攣《つ》らせる。

見たことのない男子だったら、彼氏いたんだねと流せるのに、この場合は違う。さっきの彼は何度か三咲を迎えに来てたことがあり、今となっては元彼となった大樹くんだったからだ。

困惑している私をよそに、花菜は諦《あきら》めたように息を吐いた。

「見られちゃったらしょうがないね……今、時間ある？」

そう問われ、私は頷《うなず》いてしまった。

花菜と近くのカフェに入ると、長居するつもりはないのか飲み物だけを私の分まで花菜が頼んだ。店員が飲み物をテーブルに置いて離れたところで、早速花菜が説明しはじめる。

「望が見たとおり、私大樹くんと今付き合ってるの」

やっぱりそうなのか……。恋人繋《つな》ぎして、見えなくなるまで見送っていた花菜を思い出して胸がどうしようもなくザワつく。

「三咲が彼氏に他に好きな人ができたから振られたって言ってたけど、その好きな人は花菜だったってこと？」

「うん」

花菜はなんの悪びれた様子もなく、即答で頷いた。それがあまりにも潔くて、私の方がたじろいでしまう。

「三咲って感情の起伏が激しいじゃん？　それでよく喧嘩《けんか》になってたみたいで、何度か大樹くんの相談に乗っていたの。そしたら、お互い好きになっちゃった」

好きに、なっちゃった……。

あまりの軽い調子に、花菜が三咲に対してこれっぽっちも悪いと思っていないのが窺《うかが》えた。絵里と花菜は三咲にベッタリだったし、三咲を裏切る行為を二人は絶対にしないと思っていたから絶句した。

そんな私の感情を読み取ったのか、花菜が嘲笑《あざわら》うように乾いた笑みをこぼす。

「私、三咲ちょっと苦手なんだよね」

「……え」

さらっとカミングアウトする花菜に、冷や汗がスーッと私の背筋をなぞる。

「三咲って自分が世界の中心だと思ってる節ない？　現に可愛いし、学校に持ってくる財布もブランド物で、ポーチの中はデパコスばっかりだし、お金に困らないような家庭でぬくぬくと育ってきたんだろうなって」
　これは、花菜の本心なのか、それともこれが裏の顔なのだろうか。膝《ひざ》の上で握って
いた手が汗で蒸れはじめる。
「最初は気が合いそうだなって思って一緒にいたつもりだけど、最近になってそれも
怪しいなって思えてきたの。三咲といたらクラスで上の位置にいられると思って、そ
ういう利点で三咲を選んだんじゃないかって」
　私が三咲達をもう友達だと思えていないのかも、と自分の気持ちに迷走している時
に、花菜も似たようなことを考えていた。今のこの空気にその感情は場違いだとわか
っていても、少し親近感が湧いた。
「自分は卑怯《ひきよう》で狡《ずる》いってわかった時、なんかもうどうでもよくなって、大樹くんのこ
と好きになりはじめてた時に思っちゃったの」
　何を？　と聞く前に、花菜が続ける。
「なんでも持ってる三咲から何か一つ奪っても別にいいよねって」
　花菜の黒い部分が、口から垂れるように流れていて、私の視界を真っ黒に染めてい
く。
「だけど、予想以上に三咲が泣いていたから動揺したし、それなりに罪悪感も覚えた。
でも、好きになっちゃったから、それが非常識だったとしても、三咲に対して裏切り

行為だとわかっていても、私は大樹くんを好きになるのを止められなかった。恋愛ってそういうもんでしょ？」

恋愛をよく知らない私は、そういうもんでしょ？　と同意を求められ言葉に詰まる。でも、母を見ていたから、好きが永遠じゃないことは痛いほどわかっている。今の花菜は母みたいで、逆に三咲は父のようだ。なぜだか私は、家族と置き換えて考えてしまい、ひどい感情移入で胸が締めつけられる。

「いいよ。三咲に言っても」

「えっ」

「いつかバレると思うし。望が三咲に教えたらもう少し望も三咲達といやすくなると思うよ」

その言葉は、鈍器で殴られたようにガツンときた。

私がグループの中で浮いていると何の躊躇《ちゅうちょ》もなく言ってくる花菜が怖《こわ》かった。消えてなくなりたいと思うほど悩んでいたことを、自分が悪者になるから私をグループにいやすくしてあげると、あくまでも私のためという形でグループから抜けようとしている。腹が立つのにうまく言葉が出てこず、黙って唇を噛《か》むことしかできない自分にまた苛立《いらだ》ちが募る。

花菜の言うとおりこの件を三咲に伝えたら、花菜ははぶかれ、その位置に私を入れてくれるだろう。でも、私はそれを選ばない。選べないと、また花菜もわかっている。陰口を叩《たた》かれても、三人だけで話が盛り上がっていても、一人だけデパコスを買えなくても、それでも頑張って笑っている気弱な私にできるわけがないとわかっているのだ。

気持ちがどんどん沈んでいく。暗い海の底へと溺《おぼ》れていく感覚。駄目だとわかっていても、やっぱりこの感情は消えない。

――消えてなくなりたい。

朔に励まされたばかりだったのに、私はまたそう思ってしまった。

ふと我に返ると、目の前に座っていた花菜はいなくなっていて、頼んだアイスコーヒーの氷はすでに溶けきっていた。一口も飲んでいないアイスコーヒーは、氷が溶けて少し増えているように感じた。

ここ最近は、すぐに朔との時間を求めてしまう。朔に今すぐ逢《あ》いたくて、すぐに夜にならないかと願ってしまう。そもそも、近所なら昼間に逢うこともできるはずなのに、どうして私たちは夜中だけと限定して逢っているのか。太陽の光に照らされた昼間の朔にも逢いたい。

自分の欲に抗《あらが》えず次から次へと求めてしまう私は、どこか花菜と似ている気がした。友達のはずだった三咲から、何か一つならと甘く考えて奪ってしまう花菜のように、自分の弱さを朔で補おうとしている私も、朔の大事な夜の時間を奪っているのかもしれない。

人はそれが間違いだとわかっていても、自分の欲には忠実だ。奪われ、奪うを繰り返した先では、〝永遠〟が存在するのだろうか。

私は永遠に続きそうな〝消えてなくなりたい〟という感情を抱えながら、友情も恋も愛も、命も、永遠ではないと知らしめてくる世界で、ひたすら永遠を探していた。

＊

「はあ……今日は昨日よりも一段とひどい顔だな」

顔を合わせて早々に、朔はわざとらしくため息を吐き出した。

昼間に花菜と話したことが頭から拭《ぬぐ》い去れないまま、夜中のこの時間になってしまった。朔と逢うこの時間までがとても長くて、一度夕方に河川敷へ来てみたが、やはり朔はいなかった。でもいつもの時間に来ると、朔はいつも私を待つように月の下で立っていた。

「また何かあったのか？」

朔は、好きな物を聞くいつもの声色と口調で何気なく尋ねながら、定位置に腰を下ろした。

「朔はどこに住んでいるの？」

「お？　またその質問？　そんなに俺が住んでいる場所を知りたいのか？」

「この近くに住んでいるんだよね？」

「おっ待て待て、どうした」

朔の質問にはまだ答えてないし、私の番でもないはずなのに、食い気味で矢継ぎ早に質問を投げる。当然驚いたように距離を取る朔に、拒絶されているのだと変に解釈して言葉が詰まった。

「望？」

「わ、私は、昼にも朔に逢いたい」

夜だけじゃ足りない。二十四時間の中のたった一、二時間では私はもう回復できない。うざい。だるい。重い。そう言われるかもしれない。それでも私は朔に逢いたい。縋《すが》るように口にすると、当然朔は困ったように顔を歪《ゆが》める。

「望」

朔は、私の名前をゆっくり呼んだ。大事な話をするときの朔は、優しく穏やかな口調になることももう知っている。

「それはできない」

「どうして？」

「毎日いつでも逢えるようになったら、望は俺といても消えてなくなりたいって思うようになる」

「そんなことっ……！」

「人の慣れは怖いんだよ」

奥歯を噛《か》み締め、喉《のど》から絞り出すように口にした刹那に、求める言葉を呑《の》み込んだ。

「逢いたい人に逢える時間は一生なんかじゃない。好きなことできる時間が一生続くわけじゃない。だけど人はいつしかそんな大事なもんを当たり前のように感じて、大事にしなくなる。大事だったはずのもんを片手間みたいな感覚で扱うようになる。俺はそんなの嫌だ」

サブスクで配信されていた映画が突然非公開になった。好きなバンドが翌月突然解散した。いつでも観られる、いつでも聴ける、そう思って後回しにしていたそれらは、いつでも簡単に消えるのだ。いつでも話せると思っていた父も、呆気《あっけ》なく病でこの世から消えていった。消えてしまったものは多い。

「俺は、望の片手間でいたくない。望の当たり前でもいたくない。俺は今この時間だけしかできない会話とか、この時間だけしか味わえない幸せを、大事に噛み締めたいんだよ」

昼間に逢うことを朔は望んでいない。普段の私だったら拒絶されたのだと傷つくかもしれない。でも、そうではないことを朔はちゃんと言葉にしてくれている。毎日毎時間毎秒、幸せを噛み締めるように生きている朔は、私と話すこの時間を特に強く噛み締めているように感じて、思わず涙がこぼれた。

朔は一番大事なものが何かを知っている。その大事なものは、私が忘れてしまったものだ。

「……え、いや、違うんだよ。逢いたくないわけじゃないんだ！　ただ、俺はこの時間を特別な時間にしたいだけで！」

涙を流す私に驚き、朔は身振り手振りをつけながら慌てたように付け足す。見事な慌てっぷりに、私は泣きながら笑いが込み上げてくる。

「わかってるよ、わかってる」

「……本当にわかってる？」

「わかってるって。これは嬉《うれ》しくて泣いてるの」

「え！　わかりづらっ！」

「そんなこともわからない朔がダメダメなんだよ」

「うっせえな、俺は女子と付き合ったことないからそういうの疎いんだよ」

私は涙を手の甲で拭《ふ》きながら、朔の言葉に反応する。

「朔、誰とも付き合ったことないの？」

「ねえよ、俺はサッカー一筋だったんだから」

「へえ、サッカーバカなんだ」

「あのな、確かに俺はバカだけどなんでもバカばっかかつけんなよ」

朔が誰とも付き合ったことがないという、また朔の新情報に私はなぜかよかったと安堵《あんど》した。同時に、嬉しくも感じていた。その感情に聞き覚えがある単語が浮かび上がる。途端に、私の心臓が突然速く脈打ちはじめる。

「望」

「……な、なに？」

急に忙《せわ》しなく動く心臓に戸惑いながら、朔に視線を移す。

「泣かせちまった代わりに、さっきの質問に答えてやるよ」

「ん？」

「俺は東京出身じゃねえんだよ」

え？　朔が東京出身じゃない？　ってことは、この近くに住んでいないってこと？

「じゃあ、どこに住んでいるの？」

「九州の真ん中」

九州？　九州の、真ん中って……。

「……熊本？」

「そう」

「えっ、待ってよ。じゃあ熊本から来ているの？」

「そんなわけないだろ」

「じゃあ引っ越してここに来たとか？」

「……まあ、そんなもんかな」

そんなもんって、そんな曖昧《あいまい》な答えじゃ納得できないんだけど。

「よし！　涙、引っ込んだな！」

朔の新情報に驚いていつの間にか涙が止まっていることに、朔に教えられて気づく。

「今日は、ここまでな」

「え？　いや、もうちょっと詳しく」

「やーだー、俺はミステリアスな男でいたいんだよ」

「横文字の男ばかり目指してるんだね」

ロマンチックに、ミステリアス……ほんとに飽きない。

「普通の男じゃ、望に相手にされんけんね」

「あっ、今の方言？」

「かわいかろ？　方言男子」

「……わざと口にしてるなら、あざとくてあんまり好きじゃない」

「ほんとかわいくねえー」

「でも、ありのままの朔と話してるみたいで悪い気はしない」

「……そりゃどーも」

朔は突然そっぽを向いて顔を隠すが、赤くなっている耳が明るい月に照らされ丸わかりだった。

「照れてるね」

「照れとらん」

「照れてるー！」

「だけん、照れとらんって！　見んな！　俺がいいって言うまで見んな！」

朔は猛ダッシュして私から距離を取る。物理的距離で顔が見えづらい位置まで逃げる。

「目凝らしたらまだ見えるー！」

「嘘つけ！　お前はダチョウか！」

「バカなのにダチョウが目いい動物ってよく知ってたね！」

「そこでバカはいらんやろが！」

距離があるせいか大声で会話をしている私達に、いつもこの時間に犬を散歩させている女の人が不審な目を向けていた。その視線に気づき、近所迷惑だったと慌てて口を閉じ、騒がしくてすみませんという意味で小さく会釈する。それに応《こた》えるように、リードに繋《つな》がれた犬が「ワン！」と吠《ほ》えた。女性も釣られるように軽く会釈を返すと、一瞬朔の方を見て奇妙な表情をしてからまた歩きはじめた。

犬を連れた女性の後ろ姿を眺めていると、「望？」と戻って来た朔に声をかけられる。火照《ほて》った顔から平常に戻っている朔が首を傾けていた。

「なんかあったん？」

「あー、声量が大きくて迷惑だったみたい」

「やべっ、もう真夜中だもんな」

「うん、静かに話そう」

朔は「ごめんごめん」と軽く謝りながら、また定位置に腰を下ろした。

私は女性が浮かべた奇妙な表情に違和感を覚えながらも、朔が話をしようと口を開いたので耳を傾けた。

「そんで、何かあったとやろ？」

熊本出身だとカミングアウトしてから、朔は標準語を捨て訛《なま》りだした。当然聞き慣れていないはずなのに、なぜか懐かしさを感じる。言葉にも温かみが増した。

私の話を聞いて朔はなんて言うだろう。私の問題なのに人の答えに頼ろうとするのは狡《ずる》くはないか、迷惑ではないだろうか、そう考えてまた長い沈黙を作ってしまう。

「友達のこと？」

昨日の会話もあって、朔は十中八九友達のことだろうと勘づいていた。

私は真っ黒な夜空にポツポツと点を落としている星を見ながら、文章というよりも単語を並べるようにポツリと言葉をこぼす。

「友達だと、もう思ってないかも。あっちも、私のことを友達だとは思っていない……と思う」

「喧嘩《けんか》でもしたのか？」

「ううん。私は争いごととか喧嘩とか好きじゃないから」

「確かに望は好きそうじゃねえな。俺はどっちかって言ったら、言いたいことすぐ言うけん、すぐ喧嘩になって先生から怒られる。一時期あだ名がチャッカマンになった」

「チャッカマン？」

「いつも喧嘩の火種になっとるけんチャッカマン。どうせならライターとかガスバーナーの方がよかったな。そっちの方がかっこよか」

かっこいい、かっこ悪いの問題じゃない気がするけど……。

でも、言いたいことすぐに言って、それで喧嘩になってしまう朔は想像できるし、バカっぽくて朔らしい。

「あっ、今バカにしたやろ？」

「チャッカマンはさ」

「ほんとにチャッカマン呼びせんでいい」

「ふっ。じゃあ朔はさ、友達のこと怖いって思ったことある？」

「ない」

「即答ー」

「だって友達は友達やん、怖いって思ったらもう友達じゃねえ！」

怖いって思ったらもう友達じゃない、それはそうだ。じゃあ、友達をずっと恐怖の対象として内心びくつきながら接している私がやっぱりおかしいのだろうか。

「望は怖いん？　その友達のこと」

「怖い。友達の秘密を知ってしまって、それはまた違う友達との喧嘩の火種になるほどの秘密で、それに初めに気づいたのが私なの」

「んー、あんまわからんけど、要するに望がその秘密黙っとったらいいんじゃねえの？」

「そうなんだけど。墓場まで秘密を持っていけるのか不安で私の気持ちがちょっと持たないっていうか……」

「墓場までってそんなやばい秘密なん？」

恋愛は、人の本性を露《あら》わにしてしまう。花菜が三咲の彼氏を奪うその行為は、三咲への裏切りでもあり、非道で酷な行為でもある、と私は思う。だってその失恋に今もまだ悲しんでいる三咲を見てしまっているから。

「隠せんくて不安なら言っちまえば？」

「簡単に言わないでよ」

「別に望が関わっとるわけじゃないんなら知らんふりしとけばいいやん。もしその秘密がバレて喧嘩になったけんて、望は巻き込まれただけやん。堂々としとけよ」

「朔ってホント適当だよね」

相談相手には向いてないな、と呆《あき》れ交じりのため息がこぼれる。

「適当に言ってねえし！」

「じゃあ、もう少しもめずにすむような解決策考えてよ」

「嫌ばい！　俺は、望に対しては口挟むけど、望の友達にまでは口挟まん！　面倒だけん！」

面倒って……私の消えてなくなりたいっていう至極どうしようもない感情にはあれほど親身になってくれたのに。どこで境界線引いてるのよ、バカ。

朔は「めんどくせえめんどくせえ」と小言を口にしながら地面に寝転がった。

「望はやっぱり敏感だな」

「……うん」

「争いごとも喧嘩も嫌いってことは、きつく叱られるのも嫌い。誰かが叱られているのを見るのはもっと嫌い、だろ？」

　昨日と今日を含め私のことを理解したのか、隠してきた心の内を的確に朔が言い当てていく。普段夏でもあまり汗をかかないのに、額から汗が浮き出てこめかみを伝う。

「そんで、繊細でもある」

　……繊細？

「人と深く関わるとさ、どうしても楽しいことだけじゃなくなるだろ？　辛《つら》いことも苦しいこともあって、それを楽しいことで塗り替えられたら問題ないけど、望の場合はあんましそういう切り替えが早くねえのかもな」

「そういうのは、繊細な人なの？」

「十分繊細やろ、繊細すぎて人よりも疲れる」

　そういえば、と過去を振り返る。

　小学生の頃、男子に嫌なことを言われ、私と当時仲良かった友達とで一緒に悲しくて泣いたことがあった。その翌日も、私はその嫌な出来事を忘れることができなくて、でも、その友達は寝たら気持ちが落ち着いたのか、いつもどおり楽しそうに笑っていた。なのに私は、その次の日もまたその次の日も、しばらくずっとその嫌な出来事をひきずり、嫌なことを言ってきた男子のことを避けつづけた。思い返せば、小学校を卒業するまでずっとその男子のことが苦手対象に入っていた。声をかけられた時、また何か言われるのではないかと妙に身体が強《こわ》ばって、たった数秒の会話でさえ一時間ランニングした時みたいにひどく疲れていた。

それらは私が精神的に弱いせいだと思っていたけど、〝繊細な人〟という特性だとすると少しだけ気が楽になれるような気がした。

「自分の性格はそういう性格なんだよ！　って開き直ったら少しは楽になれるんじゃね？」

「朔みたいに堂々と？」

「そう。堂々と。昨日俺が言ったこと憶《おぼ》えとる？　そういう生まれ持った特性で苦しくなる奴がいるって」

「うん、憶えてる」

「多分、望はそれと同じだ。まあ、俺は精神科医でも心療内科医でもカウンセラーでもねえけどな！」

そう言うと、朔は「わっはは！」と変な笑い方で、豪快に重たくなった空気を吹き飛ばそうとしていた。

「変な笑い方」

「ここまで親身になってやっとるとに、その言い草はなんだ！　そこツンツンしても全然可愛くねえけんな！」

朔は寝転がった状態で、足をバタバタさせながら怒っていた。そんな朔を子供だなあ、と笑える自分がいた。朔に話を聞いてもらったおかげで、最初に比べれば随分と気持ちが楽になっていた。

〝そういう生まれ持った特性で苦しくなる奴がいる〟

朔の言葉は私を傷つけない。いつだって私のことだけを肯定してくれる。

朔に無条件で甘やかされているおかげで、私はもう少し自分のことを知って、こんな自分を受け入れてあげたいと前向きに考えはじめていた。

「朔」

「ん？」

「ありがとう」

「おう」

朔は満足げに笑って深く頷《うなず》いた。

「じゃあそろそろ解散すっか！　もう日付も変わるし、明日《あした》は学校だけん早く寝らんとな！」

やはりたくさん話した今日でさえも、朔はいつもと変わらず日付が変わる前に解散して私を家に帰らせようとする。朔は重い腰を持ち上げるお爺《じい》さんのように「どっこいしょ」と言って起き上がった。

「じゃあ、また明日な。望」

「……うん」

こういう別れの時、たまに思うことがある。本当にまた明日はあるのかと。

「朔っ！」

小さくなるその背中に飛びつきたくなるのを堪《こら》え、私は大声で呼び止めた。朔が振り返り、柔らかな表情で首を傾ける。

「朔は、突然消えたりしないよね？」

朔の目の色が若干変わった気がした。でも、朔はいつもどおり笑って「なんだそれ」と言った。

「消えんよ」

「それなら、いいけど」

私は、そのまま朔の言葉を信じることにした。

「なあ、望」

「ん？」

「……小学生の頃にさ」

「え？　小学生？」

「いや、ごめん、やっぱいいや」

「え？　なに？　気になるんだけど！」

「いやもう遅いし、また明日な！」

言いかけた言葉を無理やり呑《の》み込むように朔は強引に話を終わらせた。当然気になったが、一先《ひとま》ずはまた明日があることに安心して、私は別れを受け入れた。

朔は手をヒラヒラさせながら、私の家路とは反対の道を歩きはじめる。その背中が遠く小さくなっても、やっぱり朔はどこか光って見えて、半分よりやや満ちた月が彼のことをずっと照らしているかのようだった。

見えなくなったことを確認して、私も帰ろうと立ち上がる。ズボンのお尻《しり》を手でパンパンと叩《たた》き汚れを落としながら、ふと視線を落とす。

「……ん？」

なぜだか、朔がついさっきまで寝転がっていた場所に目が留まった。一カ所に違和感を覚えたからだ。

私は自分がさっきまで座っていた場所に視線を移し、また朔が寝ていた場所に視線を移し交互に見やる。

変だった。私が座っていた場所は、生えている雑草が私の重さに耐えきれず潰《つぶ》れ、明らかにその場所に人が座ったのだという形跡が残っていたが、朔の寝ていた場所では雑草は生き生きと立っていた。

「朔って、案外軽いのかな」

確かに痩《や》せてはいるけど、果たして私より軽いのか？

私は自分の足や二の腕を確認して、確かに最近太ったかもとショックを受ける。毎日部活で運動している朔と、運動をまったくしていない私を比べれば朔の方が痩せているのかもしれない。今度サッカー教えてもらおうかな、なんて考えながら、私は家路を歩いた。

「ねぇ、君」

突然声をかけられて、彼は足を止めた。

「あんまりフラフラしてたら駄目なんじゃない？」

リードで繫《つな》がれた犬と、そのリードを手にした女性が立っている。真っ黒な双眸《そうぼう》が彼を確かに見つめていた。彼は、なぜだか少し嬉《うれ》しそうに笑った。

「お姉さんこそ、こんな夜中にお散歩なんて危ないっすよ。東京は危ないとこなんでしょ？」

「君も十分危ないと思うけど」

「肝に銘じておきます。んじゃあ」

そして、この真っ暗な世界に紛れていく。

順応するように、同調するように。そして、消えるように――。

第四章　満　月

――「好きなことできる時間が一生続くわけじゃない」

朔の言葉を思い出しながら書店を見て回っていると、好きな作家の新刊が新刊コーナーに並べられていた。

朔の言うとおり、この作家が突然物語を書くことをやめてしまうかもしれない。作家が永遠に作家を続けてくれる保証もないのだ。売れるであろうと予想して高く積み上げられたその小説を手に取り、パラパラと軽くページをめくる。

小説はどこか人の人生に似ている気がする。今度こそ登場人物の不幸が救われるページが来るはずだと期待を寄せ新しくページをめくる。この一日で何か劇的な変化が訪れるのではないか、という期待を微《かす》かに抱きつつ目を開ける瞬間とそれは似ている気がする。一ページ一ページ、起承転結の〝結〟へと向かうにつれ思いを募らせていくのと同じで、私の人生も歳をとるにつれ色んな感情を募らせていくんだ。

そういえば、朔にまだ言っていない私の好きなことがあった、と小説を手にしながら思う。私の好きなことは小説を読むこと。物語が好き。ページをめくるのも好き。繊細な文章も好き。

　なのに、好きな小説のページを丁寧にめくるように、一分一秒を私は丁寧に生きてはいない。ただ漠然と、当たり前にこの小説を読み終われると今の自分は思っている。

　朔が教えてくれたことが頭の中をグルグルと反芻《はんすう》する。私は大事だったことをどれだけ当たり前へと変換させ、片手間のように考えていたのか、朔に言われるまで気づかなかった。気づけるほど、私は朔のように一生懸命生きてはいないからなのだろうか。そもそも一生懸命生きるとはなんなのだろうか、と頭がこんがらがってきた時、ふとある本と目が合う。

【繊細すぎるキミへ】

　そんなタイトルに惹《ひ》かれた。ついこの前、朔が私のことを「繊細な性格」と言ったからだろうか。

　手に持っていた新刊を左手に持ち替え、右手でその本を取った。タイトルの横に、タイトルよりも小さく【HSPの人のための本】と記載されている。

「……HSP?」

　聞いた事のないアルファベット三文字の羅列に思わず口から洩《も》れた。

　HSPというのがなんなのかはわからないけど、なぜかこの時私はこのHSPについて知っていた方がいいと思った。ジャンルが違う二冊の本をレジへと持っていき、少し冷たくなった指先で店員から受け取った。

その夜、私は朔に逢《あ》いに行く前に、その【繊細すぎるキミへ】という本を、好きな作家の新刊を後回しにして先にページをめくった。

HSP（ハイリー・センシティブ・パーソン）とは、生まれつき非常に感受性が強く敏感な気質をもった人のことをいう。HSPの人の特徴として挙げられることが、事細かくその本には書かれていた。

場や人の空気を深く読み取り、人の異変に気づきやすく気配りに長《た》けているが、必要以上にあらゆる情報を読み取りすぎてしまうこと。他にも、人の大きい声、物音、光、匂いといった視覚、聴覚の感覚にも敏感。親や友達の感情に深入りし、自分もそうなのではないかと小さな点を見つけて結びつけてしまうほど共感しやすく、自分と相手との境界線も薄いせいで、友達の間違っている行動にさえも過剰に共感し同調してしまう節がある。それらによって、HSPは相手の気分や考えにつられやすく、自分の本音を見失ってしまう傾向にあり、更には一日中神経を研ぎ澄ましていることもあってひどく疲れやすい。

疲れが生じると、人はネガティブな考えをしてしまう生き物なので、さらに追い討ちをかけるようにネガティブな思考回路で自信を喪失させ、自分は駄目な人間だと思い込んでしまいどんどん生き辛《づら》くなる、のだそうだ。

「HSPは、病気ではありません……生まれ持ったその人の特性なので、完全に治ることはないと言われています」

そこまで読んで、私は本を閉じた。

気づくと指先も足先も氷のように冷たくなっていて、唇が微かに震えていた。

すべてに当てはまってしまったことに絶望しているのか、こんな自分に嫌気がさしているのは私だけではないとわかって安堵《あんど》しているのか、悩んできたことにやっと答えが出て納得したのか、完全には治らないことに苦しくなったのか、色んな感情が入り交じり堪《たま》らなくなって涙が溢《あふ》れた。

すでに寝室に入った母に、泣き声が聞こえないように口を手で押さえ、必死に自分を隠した。口の隙間から嗚咽《おえつ》が漏れ、とめどなく溢れる涙が口を押さえる手さえも濡《ぬ》らしていく。

こんなに泣いたらもう今日は朔に逢いに行けない。日付が変わる前に止んでくれる涙でもないし、泣き止んだとしても目が真っ赤な状態で行ったら、またひどい顔だと言われてしまう。

それでも、やっぱり朔に逢いたかった。だけど、こんな自分を、これ以上見せたくはなかった。

矛盾が枝分かれして、さらに矛盾を生むように、私の頭の中は夜眠るだけで整理できるほど単純ではなくなっていった。

「……朔っ」

今日は月がよく満ちている気がした。もしかしたら、今日は満月なのだろうか。

完全に閉められていないカーテンの隙間から覗《のぞ》く月を見て、朔に逢いたいのに逢うことが怖いと思ってしまった。そう思うのは、朔と出逢《であ》って初めての事だった。

＊

「あっ、今日は五日だ」

昨日は浅い眠りばかりを繰り返し、何度も寝返りをうったせいか、鏡に映る自分の髪の毛が四方八方散らかっていた。おまけに、長い間泣いていたせいで、目も若干腫《は》れていて、クマもあり、ひどい顔だった。

だらしのない髪の毛を櫛《くし》で梳《と》かし、いつもどおり二つに分けて結ぶ。いつだって晴れない自分の顔を鏡越しに見つめ、思わずため息をこぼす。今日は母の誕生日なのにこんなにも憂鬱なのは、以前言われた三人の食事会を控えているからだ。

身支度を済ませ、母がいるリビングへと足を踏み入れる。

「ん、おはよう、望」

「おはよう」

「あれ、なんか今日すごい顔浮腫《むく》んでない？」

「……昨日寝る前甘いもの食べちゃったから」

母にひどい顔だと指摘されたらなんて返すかを歯磨きしながら考えていたおかげで、詰まらずに答えることができた。

「えー、せっかく今日は三人で食事するのに……」

「時間経てば普通に戻るよ」

「それもそうね。あっ、お店はここだから。お母さん達は仕事終わったら向かうから、十九時までにここに来てね」

母は機嫌よくお洒落《しゃれ》なレストランのサイトを見せた。今まで行ったことのない高級感溢れるレストランだった。こんな畏《かしこ》まったお洒落なところでの食事会だとは思いもしてなかった私は、より一層行きたくなくなってしまった。

「……こんなお洒落なレストランに合う服なんて持ってないよ」

「あーそれなら……じゃーん！　望に似合うワンピースを事前に買っておきましたー！　これ着て来てね！」

仕事に行く前の朝にもかかわらずテンションが高い母に、私はついていけないでいた。

効果音つきで登場したワンピースは、深みのある赤い、ワイン色の大人びたワンピースだった。

母はこれが本当に私に似合うと思って買ってきたのだろうか。高校生の私が着たら、大人になりたいと精一杯背伸びしている痛々しい子供のように見られそうだ。

まだ着てもいないワンピースを着た想像をして、自分自身で自分の価値を落としている。心の中での自虐はいつだって止まらない。

「じゃあお母さん今日はちょっと早めに出るから」

「うん、行ってらっしゃい」

「はーい、行ってきます」

上機嫌な母が玄関の扉を閉めた瞬間、まだ一日が始まったばかりなのにどっと疲労が押し寄せてくる。今日も劇的な変化なんて訪れないとすでに察した。

早く朝食を取り、家を出ないと学校に遅刻してしまう。それなのに、私は母が買ってきたワンピースを見ながらその場から動けずにいた。

＊

なんとか学校に着くと、いつも三人で楽しそうに話しているはずの三咲達が今日はやけに静かだった。三咲の伸びっぱなしの長い爪がスマホの画面と接触し、カチカチと音が鳴っている。どうやら文章を高速で打っているようだ。朝から耳に障る音だ。

絵里も机に頬杖《ほおづえ》をつきながらスマホの画面を見て、時折三咲と目を合わせ嫌な意思疎通の仕方をしている。そして、花菜はというと居心地悪そうに、でも二人の不審な行動に気づいていないフリをして、SNSで誰かが投稿している写真を延々とスクロールさせて雑に流し見していた。

殺伐とした空気が流れている中、元気よくおはようなんて挨拶《あいさつ》できるわけもなく、立ち尽くしていると、三咲が私に気づいて手を振ってきた。

「あっ、おはよう！　望！」

「お、おはよう」

三咲がこんなに愛想良く私に挨拶してくれたのは、仲良くなってすぐ以来のことで、驚いて反応が遅れる。

「ねえ望。私が送ったライン見た？」

「あ、ううん。まだ。ごめん気づかなかった」

「さっき送ったばっかりだから、開いてみて」

「う、うん。わかった」

そんなにすぐ見てほしい内容なら今言えばいいのに、と思いながら私は鞄《かばん》から急いでスマホを取り出す。

三咲に言われメッセージアプリを開くと、【新しいグループに招待されました】という表示と共に【仲良し三人組】というグループ名が私を招待していた。嫌な予感に脳がフリーズする。恐る恐るその新しく作られたグループをタップした。メンバーは、三咲、絵里、そして、私の名前があった。だけど、グループの中に花菜は入ってはいなかった。

今ここに花菜は座っているのに、このライングループは花菜を当然のように除外していたのだ。昨日まで仲良く話していたのに、なんでこうなってしまったのだろうか。

わけが分からず顔を上げ三咲と絵里を見ると、スマホが新しい通知を着信音で知らせてくる。音につられ視線を落とすと、三咲個人から【とりあえずグルに入って】と送られてきていた。私は三咲に誘導されるがままに、新しく作られたグループに入ると、目の前にいる三咲が高速でまた文字を打っていく。そして、三咲の指が止まると、今度は私のスマホの通知が鳴る。思わず息を呑《の》んだ。たまたまタイミングが合っただけだという理由ではもう言い逃れできない。この張りつめた空気感で、花菜自身も嫌でも察するはずだ。自分がいないグループが存在しているのだと。

私は乾ききった口内で水を求めるように唾液《だえき》をかき集めた。

花菜にバレないように何食わぬ顔でスマホの通知をマナーモードに切り替える。花菜の視線から逃げるようにまたスマホに視線を落とすと、三咲の送ってきたメッセージが目に入る。

【花菜のSNS全部、うちらのアカウントだけブロ解してる】

ブロ解。三咲が以前「ブロ解してフォロー外したのに、相互だと思っているアホ男子」と侮辱するようにからかっていた言葉の中にいた単語だと思い出す。

SNSのアカウントで、相手のアカウントを一度ブロックし、その後ブロックを解除すれば、相手にバレずに互いのフォローが外れるという一種の手段があることをその時知った。

花菜は、それを私達のアカウントに対してやったのだ。

私はただ三咲達に合わせてアカウントを作っていただけで、ほぼ投稿はしておらず見る専門のアカウントになっている。だけど三咲達は活発に投稿していて、三人だけしか映っていない写真を載せられた時は、さすがに疎外感を感じた。それでも震える指先でいいねしたことを思い出し、胃がキリッと痛んだ。

そんな過去の嫌な記憶にまたしても傷ついている私を置いてけぼりにし、三咲がまたメッセージを送ってくる。

【花菜最近付き合い悪いし、私達になんか隠し事してる。急にブロ解も意味わかんな

いしまじムカつく。キモ】

〃隠し事〃という単語に、ヒヤッとした。

それからも、三咲と絵里は次から次へと花菜に対する不満を文字でつづっていく。読んでも読んでも送られてくる悪口と文句に、足先から凍りつくように全身が強《こわ》ばっていくのを感じた。

早く、早くチャイム鳴って。

そう切実に願いながら、花菜が自分で蒔《ま》いた種なのに、私はひどく花菜に同情していた。


放課後、図書室の掃除を終え、鞄を取りに教室へ戻ると、もう誰もいなくなっていて、室内は静謐感を纏っていた。すると、誰かが扉をガラガラと開ける。反射的に顔を上げれば、そこには今日一日ずっと居心地悪そうに教室にいた花菜が立っていた。

「……花菜」

「三咲に言った？」

「え？」

「私が、大樹くんと付き合っていること」

「……言ってないけど、花菜がブロ解するから二人ともすごく怒ってる。どうしてあんなことしたの？」

私は肩にかけた鞄の持ち手を強く握る。手が若干震えているのがバレないように。

花菜は長い息を吐くと、教室の扉をゆっくりと閉めた。教室の中には、私と花菜の二人だけ。とても静かで沈黙と静寂に押しつぶされそうだった。

「大樹くんといるときに、三咲と絵里の投稿見ると楽しい時間が急に冷めるんだよね。二人に責められている気がしてさ。責められるようなことしたのは私だけど、いっそのことこの関係壊れちゃえばいいのにって思ったの。それでつい勢いでブロ解した」

この関係壊れちゃえばいいのに。

私もそう思うことは何度もあったけど、実際に壊れるような行動を取った花菜を、なぜか私は羨《うらや》ましく思ってしまった。

「花菜は本当にこれでよかったの？」

三咲を敵に回したら、この教室で花菜はいづらくなってしまうだろう。まだ七月で一学期も終わっていないのに、こんな最初から三咲と気まずくなって、花菜は一人ぼっちにならないだろうか。

私がそう問うと、花菜は苦笑した。

「望は優しいね。三咲の気持ちも私の気持ちも汲《く》み取ろうとして疲れないの？」

「え？」

「そんなどっちつかずじゃ、本当に大事なものちゃんと大事にできないよ」

花菜の突然の裏切るような行動に怒る三咲の気持ちもわかるし、友情よりも恋を取った花菜の一途な気持ちもわかりたいと思っている。どっちの気持ちも汲み取り中間に立つ私は、仲介役というよりも花菜の言うとおり、どっちが大事なのかを選べないどっちつかずの人間だった。

花菜と別れた後、学校を出て電車に揺られながら〝このままどこか遠くへ〟とどうしようもない感情に目を瞑《つぶ》り、なんとか家へと帰って来る。

いつものように淡々と掃除と洗濯をこなし、十八時頃に母が買ってきたワイン色のワンピースに袖《そで》を通す。ワンピースを着た私は姿見の前に立ち、鏡越しで初めての対面をする。

やっぱり似合わない。

顔は子供なのに、大人びたワンピースを身に纏《まと》った身体だけは大人のように見えて、その不安定なバランスに今すぐにでも脱ぎたくなった。だけど、「母のために」そう思って、髪を丁寧に纏め、コンシーラーで必死にクマを隠し、少しでも大人っぽく見せようとブラウンのアイシャドウを瞼《まぶた》に塗り、アイラインを引く。化粧をしたことにより母に似たアーモンド形の目が際立ち、より切れ長に見えた。最後に、母の化粧ポーチから赤の口紅を手に取り、唇に色を纏わせた。

化粧を終え時間を確認すると、そろそろ出ないといけない時間になっていた。また絶望したくないので、私は鏡で最終確認はせずに家を出た。

五センチほどの低くもなく高くもないヒールが、歩くたびにコツコツと音をたて、先が尖《とが》っているせいか徐々に足先が痛くなっていく。それでも立ち止まらずに歩みを進め、母が指定したレストランに着く。もう一度スマホで時間を確認すると、待ち合わせ時間の五分前だった。

どっしりとした扉を開けると、すぐにウェイターに案内される。遠目に、母と母の好きな人である岩田さんが楽しそうに話しているのを確認できた。母は私に気づくと手を軽くあげ、こっちだと手招きしてくる。

「ごめん、遅かった？」

「ううん、大丈夫よ」

母はちゃんと美容院でヘアアレンジとメイクを施してもらったのか、いつもより随分と綺麗《きれい》だった。たかが食事会に気合いを入れている母を見て、もう少しちゃんとメイクしてきたほうがよかっただろうか、と今さらながら不安に思う。

「驚いたなあ。すごく大人びていて一瞬誰かわからなかった。よく似合っているね、そのワンピース」

「あ、ありがとうございます」

岩田さんはいつものように朗らかに笑って、似合っていると褒めてくれる。

亡き父は、私が初めてメイクをして見せた時、褒めるどころか「素顔の方がいい」と言ってすぐに目を背けていた。

岩田さんと父は正反対だった。寡黙な父と温厚な岩田さん。だからか、母のことがより一層わからなくなった。実際はどっちが好みだったのだろうか。そんなに気になっているのなら母に直接聞けばいいのに聞かないのは、母の恋愛事情を詳しく知ることに対して、子供の私にはやはり抵抗があったからだ。

「聖くん、ソースついてる」

「あっ、ほんとだ。望ちゃんの前なのに恥ずかしい」

岩田さんの口の端に付いているソースを、母が可笑《おか》しそうに笑って指摘すると、岩田さんは私の方を見て恥ずかしそうにソースを布ナプキンで拭《ぬぐ》う。たったそれだけの会話なのに、少しずつ嫌悪感が増していく。

「大丈夫です。気にしないで下さい」

無理に繕った笑顔を向けると、岩田さんはどこか安心したように「緊張していて」と笑って言う。私が初めて岩田さんに話しかけたからか、てっきり受け入れてくれたとでも解釈したのだろう。

募る嫌悪感に吐きそうになりながら、計算された時間で料理が運ばれてくる。やっとの思いで空《から》にした皿は、新しい料理と入れ替わりにサッと下げられる。慣れないフォークとナイフで食べる料理に苦戦し、徐々に苛立《いらだ》ちも増していく。

ずっと母が楽しみにしていた食事会に水を差すようなことを聞いてはいけない。今日は母の誕生日なのだから、無事に平穏にこの食事会を終わらせたい。母のために、すべては母のためにしている。

「今日は僕達の我儘《わがまま》を聞いてくれてありがとね」

母のためにやっていることなのに、岩田さんは〝僕達〟と言った。

もう一括《ひとくく》りにしてしまうほど二人は想いが通じ合っているのか。母は本当にもう父のことは好きではないのか。

「望ちゃん、また三人で食事したいんだけど誘ってもいいかな？」

岩田さんは決して悪い人ではない。私がここで嫌だと言ったら、わかったと頷《うなず》いてくれる人だと思う。私の気持ちを一番に尊重してくれる人だと思う。だから私は、岩田さんの躊躇《ためら》いがちな問いかけに、口を固く結んで頷いた。

やっとの思いで、私も岩田さんの気持ちに寄り添おうとしているのに、目の前にいる母は私の気持ちを察するどころか、さらに追い打ちをかけてくる。

「あのね、望。来年には三人で一緒に住めたらなって思っているの」

ああ、まただ。母はいつも母の中で完結する。私がどう思っているのかなんて気にしているようで、まったく気にしていない。全部見せかけだ。母の願望はただの願望ではない。「来年」とか「一緒に住む」とか、先のことを決定事項のように口にするのだ。

「早苗ちゃん、その話はまだ言わない約束だったよね？」

「でも、望も今日ずっと笑って楽しそうだったから……」

私の目の前で、母と岩田さんで話し合った今後の生活を明け透けに話しはじめた。私を置いてけぼりにして、どんどん話が進もうとしていることに恐怖を感じた。友達も、母も、私を一人にしようとしてくる。

この椅子に着席してから、どうにかこうにか理解のある娘を演じようと左手の手首を右手で強く握っている。さらに力を強めてみるが、指先がピリピリと麻痺《まひ》していくだけだ。また強めてみる。今度は自分の爪が皮膚に食い込み痛みが走った。

思わず口が開いた。同時に、ずっと聞きたかったことが思わず口から洩《も》れた。コップの縁でなんとか堪《こら》えていた水が、ほんの少しの振動で溢《あふ》れてしまうように。

「お母さんは、お父さんのこともう好きじゃないの？」

私が放った言葉は、私の耳には聞こえなかった。だけど、ちゃんと口にしていたようで、目の前にいる母の顔がその瞬間歪《ゆが》んだ。

「何十年も一緒にいたのにその思い出全部捨てて、岩田さんと再スタートするの？」

「……望？」

「お母さんは岩田さんと再婚して、ずっと好きでいつづけられるの？　岩田さんもお母さんより先に死んだら、次はお母さん誰を選ぶの？」

止まらない。止まれない。

一度洩れた本音は、スルスルと次から次へと洩れる。それでも私の耳には聞こえないのだ。自分が放っている言葉が。でも母は、確かに困惑したように瞳《ひとみ》を揺らし、顔を歪めつづけている。私の口から出る言葉を聞いて、苦しんでいる。

「お母さんの好きは、永遠じゃないから信じられない」

母のことを自分なりに必死に理解しようとした。でも、できなかった。これからも理解できる気がしないから、私はこうして告げてしまったのかもしれない。

——「恋愛ってそういうもんでしょ？」

花菜が言っていた言葉が頭の中を過《よぎ》る。

誰も傷つかずにすむ〝好き〟は存在しないのだと、花菜と母が私に教えてくれる。

それでも私は、誰も傷つかない世界を求めていた。

せっかくの食事会で、せっかくの母の誕生日なのに、今までの楽しかった空気を壊した私が、この三人の中で誰よりも一番、この肌を刺すような鋭い空気に過剰に痛みを感じていた。

「待って、望！　本当に一人で帰るの？」

コース料理の品をすべて食べ終わった瞬間、私は「ご馳走様《ちそうさま》でした」と言って席を立つ。そんな非常識な娘を母は追いかけて腕を摑《つか》んだ。さっきまで私が強く摑んでいた腕を母は容赦なく握る。

「まだ二十一時だから」

「え？」

「お母さん、岩田さんと会う時はいつも帰りが遅いでしょ？　まだ一緒にいたいと思うから、私は先に帰ってる」

また、嫌な言い方をしてしまう。いっそのことこの口を縫ってこれ以上開かないようにしてほしい。

「……望」

「少し一人になりたいの」

今の私は疲れすぎているから、口から出る言葉を制御できないのかもしれない。だから、母のことを傷つけてしまうんだ。頭を冷やして冷静にならなければ。

私の言葉に、母は渋々といったように手を離した。

母は今どんな顔をして私を見ているのだろうか。一度も振り返らなかった私は、店を出てすぐに自責の念に駆られた。

行きで使ったバスには乗らず、母を傷つけた罰として慣れていないヒールで歩いて帰った。

家に着くと、靴擦れしかかとの皮がめくれ痛々しい姿になっていた。モノクロになったような視界の中で、赤い鮮血が映えて見える。

私は、パンプスを脱ぎ捨てるとすぐに階段を駆け上がった。部屋の扉を強く開け、机に置きっぱなしにしていた本を手にする。

何か書かれていないだろうか。こういう時どうしたらいいのかという対処法や、こんな私の救いになるような言葉が書かれていないだろうか。

私は初めて本を大切に扱わず、乱暴にページをめくった。何度ページをめくっても、私の目に留まるような対処法も救われるような言葉もなかった。

【繊細すぎるキミへ】というタイトルのくせに、本当にこの本は繊細すぎる人に向けて書いた本なのだろうか、と疑いたくなった。本の作者にさえ八つ当たりをしている。

それがさらに自責の念を強めていた。

時計の秒針の音が強く頭の中で響く。机に置かれた小さな明かりしか灯《とも》していないのにひどく眩《まぶ》しく感じた。

本に書かれている文章が私を苦しめる。

【視覚や聴覚といった感覚に敏感で……――】

私はすぐに時計の電池を抜き、明かりを消した。真っ暗闇になった部屋で、まだ開きっぱなしのカーテンから外の世界が私を呼んでいる気がした。まんまるの月が光り輝いていて、真っ黒の夜空でそれはそれはとても綺麗《きれい》に夜を照らしていた。

瞬間、私は家を飛び出し満月を目指して歩く。なんで靴擦れしているのにまたヒールの靴を履いてきてしまったのだろうと後悔しながら、私は煩わしくて道端で靴を脱いだ。手で持ってようと空いているはずの手を伸ばすと、その手は本で塞《ふさ》がっていた。無我夢中で家を飛び出したせいか、本も一緒に持ってきていたことに今さらながら気づく。

私は右手に本、左手に靴を持って、ただひたすら満月目指して歩いた。途中石を踏んでしまい、痛みに顔を顰《しか》めながらも歩く。

ゴツゴツとしたコンクリートから、柔らかな土の上へと移動したのが見なくても感触だけでわかった。雑草が足首を触りこそばゆい。そして、一歩足を踏み入れると、冷たくて心地よい感覚が瞬時に襲う。下を見なくても足が濡《ぬ》れているのがわかる。また一歩踏み出せば、さらに深く、足首からふくらはぎへと私の足を容赦なく濡らしていく。

今どこを歩いているのか、これから何をしようとしているのか、何も考えずただ無我夢中で歩いてきた私にもさすがにわかった。以前も導かれるようにこの場所に辿《たど》り着いていた。そしてまた……。どうして、この場所なのだろう。そう考えながらも、足は進んでいく。足を止めないと。止まらないと、さらに濡れてしまう。なのに、自分の意思では止まれないのだ。いや、違う。自分の意思はまた別に存在している。

——消えてなくなりたい。

頭をよぎる切実なこの願望が、紛れもなく本当の私の意思だった。

「……む」

その時、微《かす》かに声が聞こえた。気のせいかもと思ってしまうほど小さな声だった。

それでも、なぜか私の足は止まり、振り返ろうとした瞬間に腕を強く摑まれた。

「望！」

もう一度、私の名前を呼んでくれる。

私の腕を強く握るその大きな手から辿っていき、相手の顔を確認するようにゆっくりと頭を上げる。

「……朔」

そこには、とても悲しそうに私を見つめる朔が立っていた。

「なんしよっとや！」

訛《なま》りが強めに出た口調で怒られる。

「夏でも、夜の川の水は冷たいって知らんのか！」

朔はとても怒っていて、さらに強く私の手首を摑んでくる。これ以上変なことをしないように目の奥深くで私のことを見ている。

「とりあえず、川から出るぞ」

「朔」

「動けって！」

「朔っ……」

朔が強く私の腕を引っ張ってくれるけど、私の身体が拒絶しているのかピクリとも動かない。私も動きたいと思っているけど、気持ちと身体が直結してないのか言うことを聞いてくれないのだ。

「朔……もう、疲れた。もう、消えたい」

わからないのだ。家族である母のことも、友達だった花菜達のことも、自分のこともわからない。わかりたいと思えば思うほど、自分の本心を見失っていく。

「私は、この先もこんな自分と付き合っていくのかと思うと絶望する」

朔が私の手に持っている本に目を向ける。その目線に気づいて、私は泣き叫ぶように私の中にいる負の感情を言葉にする。

「朔が言ってたとおり、私は繊細すぎるのかもしれない。これはもうずっと治らない。こんな自分を受け入れられるとも思えないし、今でさえ苦しいのに受け入れて生きていくなんてしんどい。耐えられない」

虫の鳴き声がうるさくて、夜の街灯が眩しい。三咲と絵里が新しく作ったグループの通知がうるさくて、そのたびに光るスマホの明かりが眩しい。母と岩田さんが楽しそうに笑っている声も、ナイフと皿が擦《こす》れる微かな音も、店内に流れる落ち着く音楽でさえも、鼓膜付近で木霊《こだま》していてうざったい。料理の匂いも、母の手首からほのかに香る花の匂いも吐きそうだった。

私は拒むように手で乱暴に唇を拭《ぬぐ》う。母のポーチから勝手に拝借した赤の口紅は、父の葬式で母の唇を染めていた口紅と似ていることを今思い出す。全身に鳥肌が立ち、嫌悪感を拭い去るように何度も手の甲で紅を拭う。

「望、やめろ」

朔が私の腕をまた摑《つか》むから、指先で持っていた靴が手から滑り落ち、ポチャンと音をたて水の中に沈む。

朔を困らせている。それがまたいたたまれなくて強く唇を噛《か》んだ。

こんな自分が恥ずかしくて、見られたくなくて、私は朔から目を逸《そ》らす。こんな私を見ないで。私に絶望しないで。ごめん、朔。今は私の前から消えて。

最低最悪なことを思っている自分を、また心が咎《とが》めてならなかった。口に出していないんだから大丈夫だよ、と誰かに慰められても、その親切心に対しても私は八つ当たりしてしまうだろう。やはり自分が消えるべきなんだ。誰かに消えてと口にしてしまう前に。

そう罪悪感で押しつぶされそうになった時、耳に微かな温《ぬく》もりを感じた。それと同時に、うざったくて耳障りな音もすべて消える。

戸惑いながら伏せた目をまた朔に向けると、朔は私の耳に手を伸ばし、耳障りなすべての音を遮断するように大きな手で塞いでくれていた。何も言っていないのに、朔は私の気持ちを汲《く》み取り、音のない逃げ場を作ってくれようとしていた。

「望」

朔の声は聞こえないけど、私の名前を口にしているのが唇の動きでわかる。

強く噛んでいた唇は気づくと自ら解放し、何も考えずに朔の顔だけを見つめていた。

そうやって、朔はしばらく私が落ち着くまで耳を塞いでくれていた。私の強《こわ》ばっていた身体から必要のない力が抜けるまで、朔はずっと私の事だけを見てくれた。

満月の下で、冷たい水が足元から少しずつ体温を奪っていっているにもかかわらず、朔は私と一緒に濡れてくれた。

「落ち着いたか？」

朔は私の耳から手を離すと、乱れてしまった髪を優しく触り耳にかけてくれる。

「綺麗なワンピース着とるけん最初誰かと思った」

「……似合わないでしょ？」

子供が大人に憧《あこが》れて精一杯背伸びしたような、綺麗で大人っぽいワンピースをまた自分で見返して、乾いた笑みがこぼれる。

「なんで？　似合っとるばい」

「……いいよ、そういうの」

その言葉に自惚《うぬぼ》れたりしないし、気を遣って褒めてくれていることをちゃんとわかっている。朔は優しいから。

私は川の中に落ちてしまった靴を拾おうと腰を曲げて手を伸ばす。だけど、先に朔が川の中に手を入れ、靴を拾いあげる。

「それ以上かがんだら裾《すそ》が濡《ぬ》れる」

「別にいいよ」

「よくねえよ、せっかく綺麗《きれい》なんだから」

朔があまりにも真面目な顔とまっすぐな目をして言うもんだから、自嘲《じちょう》気味に笑うのをやめる。

「誰が選んだと？」

「……お母さん」

「望の母ちゃんセンスあんね。望は可愛いっていうよりも綺麗な顔つきだけん、大人っぽいワンピースの方が似合っとる」

「あ、ありがとう」

「ん。可愛い」

朔は頬を赤らめ耳まで真っ赤にしながら伝えてくれる。照れながらも私のことを褒めてくれる。

似合っている。綺麗。可愛い。どれも歯痒《はがゆ》くなるような言葉に、私まで恥ずかしくなってくる。

「冷たかやろ？　もう出よう」

確かに、夏でも夜の川の水は冷たかった。最初は心地いいと思ったけど長く入っているると徐々に体温を奪われることを知る。

私は、今度は抗《あらが》わず素直に頷《うなず》いた。朔は私の手を取り川の中を歩いて、いつも私達が座っている場所までエスコートしてくれる。握られた手が温かくて、引っ張る強さが優しくて、朔の纏《まと》う空気や光が、間違いなく私の心を軽くしてくれていた。

「望……なんか足、めっちゃ怪我してね？」

「あー、途中靴擦れが痛くて裸足《はだし》で歩いてきたからかな？」

「裸足⁉　バカか！　道路はなんでも落ちとるんだけん裸足で歩くな！」

バカな朔にバカと言われるが、本当にバカなことをしたので言い返す言葉も見つからず黙りこくる。「そんな足でいつまでも立っとるな！　はよ座れ！」と、また怒られた。

渋々座ると、朔も私の隣に座る。いつもは一歩分ほど空けるのに今日は十五センチの距離間だった。

「なんで今日そんなに近いの？」

「望がまた変なことせんように近くにおらんといかんやろ？」

「……ごめん、もうしないから」

「でも今はこの距離がいい」

「え？」

「せっかく触れるんだけん近いほうがいい。それに、誰かの体温感じとるほうが話しやすいやろうし、心も落ち着くやろ？」

朔はぎこちなく私の手を握った。驚いて朔の顔を覗《のぞ》くと、予想していたとおり真っ赤になっていた。何度も逢《あ》っているのに一度も触れてこなかった朔だが、今日は積極的だ。私を落ち着かせるために、握ってくれているのだろう。それが嬉しくて、ちょっぴりくすぐったい。

気を紛らわせるように手に持っていた本を膝《ひざ》の上に置いた。朔が本に目を向ける。

「見てもいい？　その本」

「……うん」

朔は私が持ってきた本を手に取ると、パラパラとページをめくる。

「朔に繊細って言われて、気づいたらその本手に取って読んでいたの。……多分私は、その本に書いてあるＨＳＰだと思う」

「うん」

「確かに私は昔から激しい音とか怒鳴り声とか、陰口を言っている時の友達の空気とか、見下すような大人の目とか、そういうのに敏感だった。気落ちすると何日も引きずったりしてた。昨日その本を読んで泣いちゃったから朔に逢いに来られなかった。私が来るの待ってた？」

待っていたと答えてほしかった。私は意外と単純だから、それだけで笑顔になれると思ったのだ。だから、わざわざ言葉にして聞いた。

私の手を握る手をさらに強めて朔は言う。

「望にここで逢って、待っとらん日なんてない。ずっと待っとる」

ただ「待ってた」だけでよかったのに、朔はそれ以上の言葉をくれた。嬉《うれ》しくて顔が綻《ほころ》ぶ。

私はＨＳＰなんじゃないかって昨日気づいたからなのか、今日は特にこの世界がうるさかった。だけど、朔といる時はとても静かだ。朔の笑い声はうるさいはずなのに、うるさく感じないのは朔の存在自体が緩やかで綺麗なせいなのかもしれない。やっぱり朔は月みたいだ。真っ黒な夜に同調していない月が、眩《まぶ》しく光るのを許されているのは綺麗だからだ。朔も出逢った時からずっと綺麗。

「朔は、もしかして私がＨＳＰかもって感じていた？」

自分はＨＳＰだと告白しても、特に驚く様子もなく、ＨＳＰがなんなのかも聞き返してこなかった。ってことは、朔はＨＳＰというものを知っていて、それが私に当てはまるのだと薄《うっす》らと感じていたことになる。

案の定朔はその問いに頷きで返した。

「俺も前にその本読んだことある」

朔もこういう本を読むんだ、と少し意外に思う。

「でも、別にＨＳＰだけんて何も変わらん。望は望だ」

君は君だ。そう思えるのは実際他人事《ひとごと》だからだ。

私は朔の気を遣った励ましの言葉さえも、今は皮肉な考え方で受け取ってしまう。

「なあ、望」

自分はとても醜い。そう思うと、朔に申し訳なくて顔を隠す。そんな私に気づいたのか、そんなことない、と言うように私の名前を呼んでくれる。

「聞きたくなか時は耳ば塞《ふさ》げ。見たくないもんは目ば塞げ。匂いに吐きそうになったら鼻つまんで、嫌な空気感じたらその場から逃げればいい。苦しいのに必死になってその場にいつづける必要なんかない」

朔は以前、消えてなくなりたいは逃げたいに似ていると言っていた。消えてなくなりたいと思いながら、私はずっと逃げたかったのかもしれない。でもどこに逃げたらいいかわからなくて、ずっと身体を強《こわ》ばらせて、必死に耐えていた。

「HSPだからじゃない、繊細すぎるからじゃない、誰でも苦しか時は逃げたらいい。望も逃げたらいい。逃げ場なんてどこにでもある。探せばどこにだってある」

逃げ場所がないと思っていた私に、初めに逃げ場所をくれたのは朔だった。誰が何であろうと、辛《つら》くて苦しくてどうしようもない時は逃げればいいのだ、と朔は訴えかけるように口にする。

だけど、私の中では逃げれば楽になれるという話でもなかった。確かに朔と話すこの夜の時間は、私の身体に乗ったたくさんの感情と疲労を一度リセットできるほどの効果があった。だけどこの時間は当然夜にしか来ない。朔には夜にしか逢えない。朔に会えるまでの時間に、私は私を保てるのだろうか。朔は探せばあると言うけれど、自分が落ち着く逃げ場所を見つけるまで、私はずっと逃げつづけることになる。逃げつづけるたびに、「また逃げた」と言われ、「逃げても何も解決しないのに」と心の中の私も私の事をさらに追い詰めるだろう。

「……逃げるのも怖い」

「怖い？」

「逃げた先でも孤独だったらって考えたことある？　そもそも朔は逃げたことなんかないでしょ？」

逃げ場所を提供し、私に夜の貴重な時間を奪われ、卑屈なことばかり言うつまらない私の相手をしている朔は、何のためにここに私に逢いに来てくれるのだろう。

本当に聞きたいことはいつも口には出ない。それがまた私を苛立《いらだ》たせる。

嫌な言い方をした私に、朔は空いているほうの右手で雑に頭をかく。

怒らせてしまっただろうか、呆《あき》れさせてしまっただろうか、と朔を窺《うかが》うと眉《まゆ》を寄せて顔に力を入れていた。常々力を抜けと言っていた朔が初めて眉間《みけん》に皺《しわ》を寄せている。

「確かに、俺は、逃げるイコール負けだと思っとった。だけん絶対逃げんって息巻いとった。弱音吐くこともせんで全部全力でやっとった。……それで、誰かが傷つくなんて、思いもせんかった」

傷つけていた？　朔が、誰かを？

「言われたんよ、弟に。俺が全力でなんでもやるけん、こっちは少しでも手抜けんくてしんどいって。好きなもんでも全力で精一杯やれん人間だっておる。全力でやって結果出らんかったらって考えると、好きなもんも嫌いになるって」

私も生まれた時からずっと朔と一緒にいたら、同じことを言ってしまうかもしれない。私も朔を否定してしまうかもしれない。だって朔はこんなにも眩しいのだから。

朔を称賛する私とは裏腹に、私の手を握る朔の手がどんどん力を無くしていくことに気づく。温かかったのにどんどん冷たくなっていく。

その急激な温度変化に気づく。朔も、私と同じではないのかと。

ずっと輝きつづけられる人なんていない。何年も生きていれば、暗い感情を隠すことだって身に付けられるし、相反する自分を演じることだってできる。

朔の冷たくなる手を握りながら、私は朔をまた自分勝手に解釈してわかった気でいた。そんな自分の愚かさに腹が立った。

いつも楽しそうに笑っておちゃらけている朔でも、傷つくことはあるし、泣きたくなることもある。もしかしたら朔も私みたいに消えてなくなりたいと思ったことがあるのかもしれない。それなのに、私は身勝手なことを口にした。最低だ。

「でも、俺はこんな風にしか生きられんから」

私も、ずっと昔からこういう風にしか生きられない。朔はHSPではない。でも、朔だって私と同じように生まれてからずっとそうやって生きてきたんだ。たまたま私の生まれ持った特性に名前がついただけで、朔も母も父も花菜もみんな、誰かに傷つけられて誰かを傷つけて、奪って奪われて、それでもなんとか立って生きている。

「誰かに疎まれても、指さされても、俺は好きなもん全力でやりたかったんよ。誰かを苦しめとるってわかっとっても、俺は俺だけん。それが俺だけん」

朔は曲がらない。いや、曲げられないのかもしれない。

「俺は逃げたことなかけん、望の気持ちはやっぱ全部わかってあげれん。悔しいけど。でも、望は俺みたいにならんでもいい。全力で生きようとせんでいい。だけど、望にはここにおってほしい。この世界から消えるくらいなら、まず望がいたくない場所から逃げてほしい。それで、望がこの世界に留《とど》まれるなら」

素直に嬉しいと思った。ここにいてほしいという言葉が魔法のように私をここに留まらせてくれる。

この先私が友達や母から逃げても、誰かを傷つけても、朔は消える選択をするよりはマシだと肯定してくれる。たとえ、それが間違っていたとしても、朔はそれでいいと言ってくれる気がした。身体が楽になる気がした。だからこそ――嫌だと思った。

「私が逃げつづけて自分をどんどん見失っても、朔は私に逢《あ》いにここに来てくれる？」

「うん」

「それなのに、望は望だって言ってくれるの？　本当に？　私は、いつも楽しそうに笑っていた朔が笑わなくなったら嫌だよ？」

「……えっと、ん？」

励ましているはずだったのに、いつの間にか私に問い詰められている現状に朔は首を傾けた。

今度は私が朔の手を握り返すと、朔は驚いたようにまた私を見つめる。

「朔は、私に逢いたくないの？」

「だけんそう言っとるやん」

そうじゃない。もっと純粋な逢いたいが欲しいんだ。

待ってるとか、ここにいてほしいとか、遠回しな言い方じゃなくて、朔の欲望しか入っていない「逢いたい」が欲しい。

すべてから逃げた先が朔の隣で、朔は本当にいいのだろうか。この時間を大切に思ってくれている朔だったら、俺と逢うこの場所を逃げ場所にするなって言うはず。私だって、朔の隣を逃げ場所にしたくはない。

実際、朔の逃げつづけていいという言葉が、私の身体を軽くして心地よい気持ちにさせてくれる。だけど、逃げつづけて本当の気持ちを蔑《ないがし》ろにしつづける私を、果たして朔は心から望んでくれるのか。

我儘《わがまま》を言っているだろう。矛盾しているだろう。

それでも、こんな私に向き合って貴重な時間を一緒に過ごしてくれる人に対して失礼だと思わないか？——そう、誰かが私に問い質《ただ》してくるのだ。

「言ってくれたでしょ？　朔は私を楽しませられる、笑わせられるって。私も、朔とバカなこと話して笑っていたい」

「俺だって、そう思っとる」

「じゃあ、逢いたいって言って。頑張れって言って」

「……は？」

「待ってるよりも逢いたいが欲しいの。私は、苦しい時いつも朔に逢いたいって思うの。だから、私と同じ気持ちの逢いたいが朔からもらえるなら、私は昼間も頑張れる気がする。だからっ」

「——逢いたい」

言い終わる前に、朔は口にした。

「逢いたいって思っとる。望以上に逢いたいって思っとるよ。ずっと、強く思っとる」

瞬間、涙で視界が霞《かす》む。

何でも肯定してくれなくていい。逃げ場所にならなくてもいい。ただ消えてなくなりたい気持ちを凌駕《りょうが》するほどの、愛情が欲しい。

どうして朔の前ではこんなに言いたいことが言えるのだろう。思い返してみれば、逢ったその日から私は朔をからかっていた。友達とからかい合って笑い合うことは今までなかったはずだ。いつも聞き役に徹し、何でも肯定して受け入れてあげようとしてきたから。

なのに、朔の前ではなるべく正直な自分でいたいと思えた。多分、朔が私に正直だからだ。朔は嘘をつかないと強く言い切れるから。失礼なことも、恥ずかしいことも、すぐに言ってくれるから私も言いたいと思えるんだ。

「私は多分、好きな食べ物が食べられなくなっても、今読んでいる小説を最後まで読めなくなっても、家族や友達に会えなくなっても、やっぱり消えてなくなりたいって思うかもしれない。好きな時間を自分で投げ捨てても私は消えたいと思う」

「おい！」

「でも、朔には逢いたい」

朔と話せなくなるのは、嫌だ。それに気づいてしまった。

〝朔に逢いたい〟

逃げていいという言葉をもらうよりも、私は朔に逢えるならこの世界に留まれる気がするんだ。そう思ってしまうことに名前を付けるなら、これは正真正銘――恋だ。

「……意外と望は単純なんだよな」

朔はそう言うと、本当に嬉《うれ》しそうに微笑んだ。

「は？」

「なんか恥《は》ずいわ、俺がさっきまで長々と望を繫《つな》ぎ止めるのに必死になった言葉全部、逢いたいって言えば済む話だったとか、ふざけんなよ」

朔は右手で私の頰を挟むように摑《つか》むと、不満げな顔をして唇を尖らす。

「……いひゃいんだへど」

痛いんだけど、と言ったつもりが両頰をつぶされて上手《うま》く喋《しゃべ》れない私を見て、朔は楽しそうに微笑んだ。満足したのか手を緩めると、大きな右手で私の左頰を触る。長い指が耳を掠《かす》めくすぐったくて笑うと、また朔も笑う。

「ずっと逢いたかった」

「……え？」

逢いたかった……？

「望、みたいな子に」

そう口にして、今までで一番嬉しそうな笑顔を向けられた。朔の言うとおり私の心臓は単純なのか、すぐに大きく高鳴る。

「明日《あした》も、この先ずっと、もっと望に逢いたい」

——逢いたい。

それだけの言葉で、今日の出来事すべてがこの時間だけでリセットされるようだった。

「逢いたいけん、消えんで」

朔は人肌に初めて触れた人みたいに、何度も確かめるように私の頬を触る。そして、ぎこちなく顔を近づけ、私にキスをした。左手で互いの体温を感じながら、右手で朔がまだ私の頬を親指で擦《こす》っている。

満月の下で私達は「逢いたい」の言葉の先は言わず、好きなことのできるこの時間を噛《か》み締めながら、また唇を交わした。

途中、朔が泣いているのか、それとも私が泣いているのかわからなかったけど、確かに涙のしょっぱい味がした。

昔、誰かから「また逢いたい」と言われたことを思い出した。女の子だったか、男の子だったか、もうさほど憶《おぼ》えていないが、私はその子になんて返しただろうか。私は、その子に逢いに行ったんだろうか。今、幸せを感じているときに浮かんだ懐古的な記憶なら、きっと私はそう言われたことが嬉しくて逢いに行ったのだろう。

第五章　下　弦

やっと夜になり、私達の時間が訪れる。いつもの時間に行くと、朔はまた月を見上げていた。少しだけその横顔を眺める。

朔は、私の視線に気づき「来とっとなら声かけろよ」と目を細めて笑った。

思い返すだけで顔が火照《ほて》ってしまうような昨日の出来事もあって、気恥ずかしくてすぐに声をかけられなかった。それと、なんだろう……月を見つめている朔の横顔が、あまりにも淋《さび》しそうだったから。

私はいつもの場所に腰を下ろすと、朔は昨日とは違いまた一歩分ほど空けて座った。

「なんで今日は離れているの？」

なんでまた距離を広げるのだろうと不可解に思い、思ったことをそのまま尋ねると、

「別にいいだろ、今日も無事に逢《あ》えたんだし」と言われてしまった。それに多少の不満を感じないわけもなく、あからさまに不貞腐《ふてくさ》れる。

「なんでいじけとっとや、昨日は望が変なことするけん捕まえとったんばい？」

「そっちだって変なことしたくせに」

「なんだよ、でかい声で言わんと聞こえん！」

「いい。もういいよ、そこでいいから」

　確かに朔は私に逢いたいとは言ってくれたけど、私が好きだとは言っていない。そして私も言ってはいない。だけど、キスはした。キスはしたんだから好きだと思ってもいいんじゃないの？　それとも、あのキスは朔の気まぐれ？……だったら、朔クズ男じゃん。

「なんだよ、その目は」

「別に」

「なんかあんなら言えや！」

「言わないし！　そっちこそなんか言うことないわけ？」

「……なんだよ、俺なんかした？」

「やっぱクズ男」

「あっ、今悪口言ったな！　絶対今の悪口だ！」

「あーうるさいうるさい」

　私は大袈裟《おおげさ》に耳を押さえ、朔の声を遮断する。それに苛立《いらだ》った朔が、さらに声を張り上げわざと「あー！」と意味もなく喚《わめ》く。それに笑いながら人差し指を唇に当て、静かにとジェスチャーで伝える。咎《とが》められればもっと意地悪したくなるのか、朔は不敵な笑みを浮かべ、また「あー！」と性懲りもなく大声を出していた。

子供みたいなやり取りを十分堪能《たんのう》した後、私達は疲れ果て、落ち着きを取り戻すように長めの息を同時に吐いた。

「ねえ、朔。今度サッカーボール持って来てよ」

「えーなんで？」

「朔が本当にサッカー上手なのか確かめたいから」

「だけん上手《うま》いって言っとるやん、ホントは俺のサッカーしとるところば見たいんやろ？」

「調子乗るな」

「あははっ、いいばい、今度見せてやる」

明日じゃないんだ。じゃあ今度はいつ来るんだろう。

「ここさ、サッカーゴールあるよな？」

「うん、もうちょっと奥にね。土日とかよく小学生の子達が練習試合しているよ。朔もそこで練習しているんでしょ？」

「……そうだな」

自分で〝小学生〟と口にした時、スイッチでパッと明かりが点《つ》くみたいに、サッカーをしている子が頭に浮かび上がってきた。一生懸命リフティングしている姿だった。

「なんか、朔といるとたまに不思議な気持ちを抱く時があるんだよね」

「……不思議な気持ち？」

「なんだろう。この気持ちを知っているような、知らないような？」

「……懐かしい感じ？」

「そうそう、もしかして朔も感じる？」

「あ、いや」

「もしかして、私達どこかで逢ったことあったりして？」

なんて、ありえない冗談を言ってみた。

朔みたいな大きい声で笑う子が同級生にいたら、忘れられずにずっと憶《おぼ》えていると思うから。

「そうだったら、お互いに気づくだろ？」

「確かにそうだよね」

絶対に気づく。忘れようと思わない限りは。

「それよりさ」と朔が、話題を変えた。

「望は本ば読むの好きなんやろ？」

「え、なんで知ってるの？」

「昨日言っとったやん。自分で」

あー、そういえば、言っていたな。読みはじめた本を読み終われなくても消えたいと思う、って言ったことを思い出して若干気まずさが走る。

今はこうして笑っていられているけれど、昨日は川に入るほど消えてなくなりたいと思っていた。だけど、朔が一緒に川に入って止めてくれた。嬉《うれ》しかったなあ、と昨日のことを思い返しながら朔を見る。

「今はなんの本読んでんの？」

「幽霊になった主人公が、幽霊が見えるヒロインと恋する淡い青春小説」

「……へえ、キュンキュンする？」

「しない。ずっと切ないから。ずっと涙を誘われてる」

「じゃあ泣くやつか」

「ううん、まだ泣いてはいない。まだ泣けるほど切なくはないのは、ラストに号泣させるシーンを控えているからだと思う」

「そんなこと考えて読んどるん？　結末先読みして面白い？」

ラストを予想して語る私に、朔は苦い顔を向けてくる。その顔に応《こた》えるように、自《じ》嘲《ちょう》気味の笑みをわざとらしく漏らす。

「ラストを大体予想して読まないと変に感情移入しちゃって気持ち持っていかれるか

ら」

「それば狙っとるんじゃない？　小説家って」

「私は、この物語がもし現実で起こって、私だったらこんな風に強くいられないだろうな、とか変な感情移入の仕方してしまうから。だからノンフィクションは読まない。フィクションだけ。絶対に現実では起こらないような物語が私にはマストなの」

小説の物語を実写化するのも好きではない。一気に現実味が湧くから。作られた物語は、ずっと物語として留《とど》まってほしい。

「それでも、本を読むのが好きなんはなんで？」

なんで？——そう聞かれて、返答に迷った。

物語には可哀想な人や不運な人が必ず出てくる。最初から可哀想な人、もしくは後から可哀想になる人。可哀想な人は、私の心を救う。この人物も私と同じで可哀想な人なんだと共感できる。それに救われているから物語が好きだなんて、言えない。

「……活字が、好きだから」

これ以上は沈黙を作れないと焦った私は、なんだそれと聞き流してくれそうな理由で返した。朔の反応を窺《うかが》うと、腑《ふ》に落ちない顔で首を傾けていた。

「俺のクラスの委員長も活字が好きだけんってめっちゃ本読んどったわ、やっぱ頭良《い》い奴って変なとこでバカだよな」

「純粋にバカな朔からは言われたくないと思うよ」

「うっせえ、バカ」

「バカにバカって言うほうがバカなんだよ」

「バカにバカって言った奴はもれなくカバになるんだよ！　カーバ！」

「じゃあ朔もカバじゃん」

「俺はカバじゃねぇ！　バカだ！」

バカバカ言いすぎて、途中からカバも参戦し、わけわかんなくなった朔は自分からバカだと誤って主張する。そのバカさに噴き出して笑うと、朔は間違えたことに気づき顔を真っ赤にする。「今のナシ！」でなんとかなかったことにしようとするが、言ったことは覆せないのが現実だ。「カバのバカ！」とさらに煽《あお》ってみせると、朔は足をバタつかせて憤慨していた。

「そもそも朔はバカ以外のボキャブラリーないわけ？」

「……ない」

「いいね、朔はバカだけしか知らないバカでいてね」

ちょっと意地悪を含めた口調で言うと、朔はなんだそれと笑った。

「望も、もっとバカになればいい。俺の前だけじゃなくて、友達の前でも、家族の前でも」

友達の話しかしてなかったのに、朔はすでに見抜いているかのように〝家族〟も付け足した。

「見たくねえもん見らんでいいし、聞きたくねえこと聞かんでいいつったけど、でも、言いたいことあんなら言ったほうがいい。自分からバカになったほうが、相手も意外とバカになるけんな。俺と望みたいな？」

朔はもしかしたら、私をバカにさせるためにわざとバカを演じているのかもしれない。……いや、ないか。朔はそんな器用じゃない。

「なあ、望」

「ん？」

「その小説のラスト、望はどんなラストになるって予想してんの？」

私はその質問に少しだけ悩んで、予想しているラストをそのまま口にする。

「最後は消える。幽霊の主人公は消える。大体そうでしょ？」

ずっとこの世にいつづけられるとは思えないし、ずっと幽霊に側にいられてもヒロインも困るだろう。それが妥当な結末だ。だけど、朔は私の予想を聞くや否や、「ありきたりでつまらん」と鼻で笑った。

「消えんよ、残る。残りつづける。俺はそう思う」

微《かす》かな期待に全力でかける朔の予想に、私はありえないと思いながら、そうであったらいいなとも思っていた。

　変な感情移入をして、小説を読む理由が不純な私が、そんな微かな期待に緩く淡く心を重ねてしまうのは、朔に乗せられたからなのか、それとも深くこの物語に共感してしまいそうになったからだろうか。

　私はまだ〝真実〟を追究せずに、フィクションにしようと目を逸《そ》らした。

「じゃあ、また明日《あした》な」

　そう言って私より先に背を向ける。もっと名残惜しそうにしてほしいと欲張ってしまう。そんな私の気持ちが届いたのか朔は突然立ち止まり、ゆっくりと振り返る。

「望」

　優しい声で名前を呼ばれ、顔を上げる。徐々に欠けはじめた月が朔の頭上に浮かんでいた。

「あんまり自分の悪いとこばっか探すなよ」

「え……」

「望の良いところ俺はいっぱい知っとる。今の望だけん気づけることもあると思う。これから先、望に救われる奴はおるよ。絶対におるけん」

　朔一人の確証もない口だけの「絶対」だった。いつもなら何を根拠に？　と可愛げのないことを思って自嘲するが、今は朔なりに私を元気づけようと言ってくれていることが伝わるから、素直に嬉しいと感じられた。

「だからさ、絶対って絶対的なパラドックスで、絶対は絶対に存在しないっていう意味にもなるって前にも――」

「だーもう！　偏屈なこと言うとこは直せ！」

「朔も、顔真っ赤にしながら言うの直したほうがいいよ。恥ずかしいなら言わなきゃいいのに、こっちまで恥ずかしくなるよ」

大真面目に私を褒めるけど、朔の顔も耳も毎度のこと真っ赤になっていて、こっちまで恥ずかしくなってしまう。

朔に本当は好きと言ってほしいのに、それ以上の言葉を朔はくれる。だから、私も強く求めないのかもしれない。

「うっせえよ、バーカ」

朔はやはり一つしかないボキャブラリーの引き出しから、聞き慣れすぎた言葉を照れ隠しのように乱暴に吐いた。

「今度は本当に行くから」

「うん、また明日」

「……また明日」

その日も朔は、いつもどおり日付が変わる前に私の前から立ち去った。確かに地に足をつけて歩く朔の後ろ姿を眺めながら、なぜだか私は手を伸ばそうとしていた。

朔が消えそうで、怖かったのだ。


満月の夜から一転して、朔と私はまた前の関係に戻った。一歩分離れて座り、互いに好きなことを好きなだけ話して、時にバカにし合って笑い合う時間を毎日飽きもせずつづけた。

あのキスの意味も、本心も、何も知ろうとしないまま、朔の前ではバカでいたけど、そのキスに触れるほどバカにはなれずにいた。

手を伸ばし触れようと試みたけど、拒絶されたらと考えては無様に手を引っ込めてを繰り返す。その間、満月から着実に月が欠けていく。そして、母との関係も、三咲達と花菜の友情も欠けていくようだった。

食事会以来、何も話さなくなった私に、母も何も聞かないでいてくれた。いや、何も話さないとわかっているから諦《あきら》めて何も聞いてこないのかもしれない。

ただ、「望が別れてほしいって言うなら別れるから、お母さんは望のほうが大事だから」と、優しいのか咎《とが》めているのかどっちにも捉《とら》えられる言葉を投げられた。決して別れてほしいとは思っていない。でも私が言った言葉はあまりにも言葉足らずで、岩田さんと母の再婚を否定していると思われてもおかしくはなかった。

言いたいことを言えばいい。聞きたいことを聞けばいい。なのに、聞けないのは母の口から語られる真実が怖いのだ。どうして聞けないのだろう。本当に自分が嫌になる。

日を重ねるほど目覚めの悪い朝を更新していく。今日も唸《うな》り声をあげながら重い身体を起こすと、スマホの通知履歴を癖で最初に確認する。

「二人とも早起きだな……」

新しく作られた花菜がいない三人だけのグループは、休日の早朝にもかかわらず早々に活動していた。

溜《た》まったメッセージの数に思わずため息が漏れ、それでも私はそのトーク画面を開いた。おはようといった挨拶《あいさつ》も無しに、三咲の一つのメッセージから始まっていた。

【花菜、大樹と付き合ってるっぽいんだけど】

寝起きの乾ききった口の中で、水を求めるように喉《のど》がゴクリと鳴る。

どこから漏れたのかと考えるが、SNSのフォロワーが多い三咲だからこそ、いずれ誰かの口から、あるいは風の便りで知ることとなるのは容易に想像ができた。

スクロールすれば、この三十分で三咲と絵里はとんでもない文字数を打っていた。

四方八方に飛び散った鋭い言葉が、なんの感情も乗らない機械的な文字だけで綴《つづ》られていた。淡々と数秒ごとに、長方形の画面いっぱいに花菜に対する不満と愚痴が今も尚《なお》流れつづけている。胃がキリキリと痛み、流れるメッセージに追いつけず目の焦点がズレる。慌てて目を強く瞑《つぶ》りまたゆっくりと開けた。

私も何か送らないと、既読をつけてしまったから何かすぐに——何を送るつもり？

【花菜が私から大樹を取ったんだよ、キモすぎ】

なんて送ればいいのかわからず、時計の秒針が私を焦《じ》らす。そして、また新着のメッセージが通知音と一緒に送られてくる。私も三咲と絵里に同調しないと、そう焦って打った文字を見て、私はまた自分に絶望する。

三咲のキモいに同じ言葉で返そうと【き】と打った。すると、最初に予測変換で【キモい】と出てくる。

ああ、最低だ。私はいつの間に平気で悪口を打つようになったのだろうか。たった親指一つでも私は誰かを傷つけることができる。それがとても恐ろしかった。

震える手で、予測変換で一番左にいる【キモい】を押そうとした時、隣に並んだ言葉が視界に映り込む。それを見て、立ち上がる力も湧かないほど放心状態になった。

確かに【きえたい】と出ていた。

おそらく私は、【キモい】と打つたびに【きえたい】と思っていたのだろう。人を傷つける言葉と、その言葉の罪から逃げようとする言葉が隣り合わせで並んでいる。

鋭い言葉が並ぶ文面で、自分も相手が求めている言葉を打つ。そして送る前に読み返す。ああ、これは言葉の刃《やいば》だと思った時、私はこんな機械にでも消えたいとこぼしていたのだ。

決して死に急いでいるわけでも、命を粗末にしようと考えているわけでもない。ただ、この時だけは何もかも捨ててでもいいから消えたかったのだ。

朔の言うとおり、消えてなくなりたいは、逃げたいに似ていた。生きていたいと思っているし、生きなければならないともわかっているけれど、未来のことを考えると不安と恐怖で押しつぶされそうになる。

「逃げたい……」

二人に何も送れないまま、スマホは手から離れ、私はまたベッドに深く沈む。

日常にしてしまった間違いから私は逃げ出したかったんだ。だけど、逃げたところで私は私を許さない。どうしたらいいんだろうと混沌《こんとん》状態の中、少し色褪《いろあ》せた白い天井を眺めながら、また朔の言葉を思い出していた。

——「逢《あ》いたいけん、消えんで」

私は布団をギュッと手で強く摑《つか》んだ。

今日も夜までは長い。そう思ったら、私の目からこぼれた涙がこめかみを辿《たど》り、耳を濡《ぬ》らす。大きな涙の粒は、順応するように枕の中に溶けていった。

長い昼を終え、夜を迎えた。朔を求め、今日も家を出る。

今日は新月から二回目の半月の日。朔と出逢って二十一日目の夜。夜空を見ると雲に覆われ霞《かす》んでいる月に、私は嫌な胸騒ぎがした。

足が無意識に忙《せわ》しなく動きはじめ、気づいたら河川敷に向かって走っていた。河川敷に着き、朔の姿を探す。

いつもなら月の下で月に負けじと光り輝いている朔がいたのに、なぜか今日は立っていなかった。日付が変わっても朔は私の前に現れなかった。こんなことは初めてだった。


翌日の朝、天気キャスターが「今日は梅雨明けから初めての雨になります。久しぶりの雨で憂鬱《ゆううつ》ですね。外出する際は必ず傘を忘れないようにしましょう」と、雨に相応《ふさわ》しくない満面の笑みを振りまいて言った。

今日は一日中雨で、もしかしたら朔は今日の夜も来てくれないかもしれない。そう思いながら、重たい足で学校へと向かう。

雨が地面を打つたびに跳ね、私の足元を濡らす。濡れれば濡れるほど私の進む足を重たくしていく。

学校に着き、教室の扉の前で一呼吸置いて、空気の中に紛れ込むように静かに扉を開ける。

「あっ、望〜おはよ〜!」

「おはよう!」

三咲と絵里が私に気づいて手を振る。私もそれに笑顔で応《こた》えた。

花菜が三咲の元彼である大樹くんと付き合っていることが三咲にバレた日から、三咲は花菜をグループから躊躇《ちゅうちょ》なく切り捨てた。そして、花菜は一人になった。

「ねえ、彼氏がさ今度ここに行こうって言ってきたんだけど、どう? 楽しいと思う?」

「え〜! 楽しそう! このカフェとかお洒落《しゃれ》そうだし映えるよ!」

三咲はというと、いつの間にかバイト先の先輩といい感じになって付き合いはじめた。大樹くんに振られあれだけ泣いていたのに、二週間足らずで新しい彼氏ができていたのだ。

三咲の絶対信者である絵里は「元彼より全然カッコイイ! めっちゃお似合いだよ!」と煽《おだ》てていた。そんな二人を見ながら、私も一緒になって笑って喜んだ。

だけど、心の内は気持ちのリセットが早くて羨《うらや》ましいと思っていた。誰と付き合って別れようが、可愛くて愛想がいい三咲が一人になることはない。もう痛いほど私は知っている。

いいなあ、必ず誰かが見つけてくれる世界線で生きられて。

口にすれば、下手したら皮肉にも聞こえるが、私は本心で三咲に羨望《せんぼう》の目を向けていた。それと同時にひどく花菜に同情した。

新しい彼氏ができたのなら、わざわざ花菜を切り捨てなくてもよかったのではないか。だけど、三咲にとってはそういう話ではないのだ。だから花菜は一人にさせられた。小説の物語に登場する〝可哀想な人〟に成り下がった花菜に、私は小説を読んでいる時のように、自分と同じだと決めつけ、感情移入していた。

「てか、見た？」

絵里が唐突に前屈《かが》みで主語が存在しない問いかけをしてくる。それに三咲と私は首を傾ける。傾けながら、これは人を罵《のの》る時の空気だ、と早くも察した。

「花菜の新しいアカウント見つけたんだけど、これ！　大樹くんの後ろ姿とか手とかだけ映った匂わせみたいな写真投稿してんの」

「え〜誰に匂わせしてんの〜キモっ」

「これとか見て！　左手の薬指に指輪つけてる手の写真！　これもう自慢したいがためにこの写真投稿してるでしょ！　なんかめっちゃ幸せアピ必死で痛くない⁉」

「えー花菜ってそういう事する子だったんだ……なんかもうネタでやってんのって笑えてくるよね」

三咲も似たような投稿をしているが、どうやら自分のことは棚に上げているようだった。

実際幸せそうなのだからもういいのではないか。そう思うが、三咲達の陰口は大体九割は暇つぶしのようなものだ。花菜に対しての陰口が終わると、次に新たな的を見つけてひたすら叩《たた》く。その行為を繰り返すことに快感を覚えているだけであって、そう思うことさえもう無駄なのだ。

誰かが作った理不尽なルールにのまれていく。自信満々に掲げる正論と矛盾と理不尽に溺《おぼ》れていく。自分の本心が消えていく。

――「望ももっとバカになればいい」

朔みたいに、みんなバカになればいいのに。そしたら、私もバカになれるのに。

結局は人頼りの私は、また言いたいことを募らせていくだけで吐き出せはしなかった。吐き出せないまま、また一日が終わる。

私が私として吐き出せる場所は、朔と逢う夜の時間だけだったのに。

雨が降る夜の中私は傘を差して、今日もまた朔を待ちつづけた。きっと来る。だって朔は私に逢いたいと言ってくれたから。急に来なくなるなんてありえない。何も言わず私の前から消えてしまうなんてあるはずがない。だって、私達はまだ、あのキスの意味を口にしてはいないのだから。まだ交わす言葉も残っているし、満月の夜以降触れてもいない。

「朔っ……」

朔はまた来る。

私は、今日も雲で霞《かす》んではっきりと見えない月を見上げる。

本当に朔は月から来ているのでは？　だから、霞んでいる今は来られないのかも？

――なんてフィクションのような話が一瞬頭を過《よぎ》るが、バカバカしくてすぐにかぶりを振って打ち消した。

日付が変わっても朔は姿を見せなかった。私は、途方に暮れながら家の扉を開けるとリビングに明かりが灯《とも》っていた。嫌な予感に心臓が波打つ。

リビングに足を踏み入れると、すでに寝たはずの母が私の帰りを待っていた。

母は私の顔を見るや否や、安堵《あんど》の息をこぼす。

どうして……。ちゃんと寝室に入ったことを確認して、家を出たはずだった。もしかして、母は私が夜にこっそり出かけていることに気づき、確かめるためにわざと眠るふりをして寝室に入ったのだろうか。

そんな母と見つめ合う数秒の間に、私はいつものように色んな〝だろう〟を頭に過せる。

「望、こんな夜遅くに毎日隠れてどこに行っているの？」

やっぱり気づかれていたか、と顔を歪《ゆが》める。

唐突だから何も言い訳を考えていない。私の場合、唐突や予想外には言葉を詰まらせた。

「女の子が夜遅くに出かけて何かあったらどうするのよ。それに、出かけて一時間以上帰って来ないのはどうして？　誰かに会っているの？」

言わなければいけないのだろうか。熊本出身だけど今はどこに住んでいるのかもわからない朔という男の子と逢っていることを伝えたら、母は私の大事な時間を奪ってしまわないだろうか。

黙ったまま何も言わない私に、母は頭を抱えため息をこぼす。

「……どうしてそういつも黙るの？　どうして、お母さんに何も言ってくれないの？」

答えを求める圧に、また無意識に口を強く噤《つぐ》む。

「お母さん、望がわからないのよ。聖くんと別れてほしいのかもわからないし、望が何を欲して何を知りたいのかちっともわからない。言ってくれないとわからないのよ？　わかるでしょ？」

――「見たくねえもん見らんでいいし、聞きたくねえこと聞かんでいいっつったけど、でも、言いたいことあんなら言ったほうがいい」

朔の言葉を思い出しながら、私はふとテーブルの上に無造作に置いてある本が目に入る。【繊細すぎるキミへ】というタイトルの、私が買った本だった。そういえば、食事会の日、その本を靴箱の上に置いて放置していたのをすっかり忘れていた。いや、忘れていたというよりも、忘れたかったのかもしれない。

「……その本、読んだの？」

私はまだその本に最後まで目を通していない。だけど、本は最後のページまでめくられた形跡が残っていた。

やっと口を開いたのに、私が聞いたことは母の質問すべてに掠《かす》っておらず、当然答えてほしかった母は拍子抜けしたような顔を向け、今？　と言いたげに頷《うなず》く。

「お母さん、どう思った？」

「えっ、今はその話じゃなくて」

「私は今この話がしたいんだよ」

母の言葉を押し退《の》けて口にすると、母は驚き戸惑いながら本へと視線を移す。

なんて言えばいいのか珍しく母が迷っていて、その顔で何を言いたいのか大体察する。いつも察せられる。

「私、その本に書いてあるＨＳＰなのかもしれない」

母がゆっくりと私を見る。

「お母さんも、そう思ったでしょ？」

図星を突かれ、母の瞳《ひとみ》が揺れる。

「憶《おぼ》えてる？　小学生の時の通知表に【おとなしすぎるのでもう少し自分を出してほしい】って担任の一言コメントにそう書かれたこと。家庭訪問で、先生が生徒全員に注意しているとき耳を塞《ふさ》いでしまう癖があるので素直に聞いてほしいと言われたこと。三者面談で、私がお母さんの希望に従った返事しかしなかったから、こんなにすぐに終わった三者面談は初めてですって言われたこと」

母は憶えているだろうか。私はすぐに思い出せるほど鮮明に憶えている。だって、私を否定されたようで傷ついたから。傷ついたことは一生消えない。

「先生の叱る声が嫌いだった。目立ちたくないから必死で友達に同調した。お母さんの言いたいことは空気と表情と目線ですぐに察せた。言いたいことは山ほどあったけど、そのほとんどは言えずにいる。友達にからかわれて泣いた日があっても、みんなは寝たら忘れられるのに、私はずっと引きずって結局卒業するまでその友達のことが苦手だった」

本に書かれたＨＳＰの特徴と酷似した私の体験談を口にする。母の顔が徐々に歪んでいくのが、いたたまれなかった。

「こんな自分大嫌いだった。周りのことばっか気にして、言いたいこと一つも言えなくて、溜《た》まりに溜まったこの思いはどこに吐き出していいかわからなくて、いっそのこと消えてしまいたかった」

一度口に出してしまえば、あとは自然と口から洩《も》れていく。

母のことを傷つけてしまわないだろうか、困らせてしまわないだろうか、そんなことばっかり考えて溜め込んだ言葉は、朔の言うとおり何も考えずバカみたいに口を開いた瞬間、我先にと溢《あふ》れて普通に呼吸することさえさせてくれない。

「だから、お母さんに言いたかったこと、聞きたかったこと、今言っていい？」

バカみたいに開きっぱなしの口のおかげで今なら言えそうだから。もう消えてなくなりたいなんて思わないためにも。

娘の心の内を聞いて、目の前で苦しそうに息をしている母が哀れに思えた。こんな娘に成長してしまったことに申し訳なくなる。それでも、そんな娘の願いを頷きで母は受け入れてくれた。

「……お母さん、私ね。私、本当はお父さんが死んだ時もっと泣きたかった。もっとお母さんと泣きたかったの」

父は無口で寡黙で何を考えているかあまり表情に出ない人だった。私はすぐに人の空気や表情で言いたいことを察せたけど、父のことだけは察せなかった。それは怖いことだけど、私にとってはありがたかった。

父は自分の感情を空気や顔に出したりしない。だから無意識に察しすぎてしまう私にとっては、疲れて気を病むこともなく、とても居心地がよくて楽だったのだ。

そんな父に、今は何を考えているの？　と訊《き》くと、父はいつも言葉で教えてくれた。不器用だけど、優しい人だった。だから、好きだった。

父が息を引きとった日、私はもっと泣いたりしたかったのに、眠ってもう永遠に目を開けない父を見ながら母は茫然自失《ぼうぜんじしつ》していた。

葬式の日も、参列した父の親戚《しんせき》や友人や仕事仲間達が泣いている中、母は一度も泣いたりしなかった。目を潤ませることもなかった。

そのあとの、母の行動にも、岩田さんという存在にも、わけがわからなかった。母のことも、父のことも。私自身も。

「お母さんはお父さんのこと好きじゃなかった？　好きで結婚したんじゃなかったの？　私が生まれた時から一緒にいた家族は、偽物だったの？」

喉《のど》につっかえて呼吸すらも苦しくするその言葉をやっと口に出した瞬間、つっかえがなくなった身体からたくさんの感情が溢れ出して溺《おぼ》れてしまいそうになった。

私の問いに母は静かに泣いていた。嗚咽《おえつ》すらこぼさず、顔色一つ変えずに、よく目を凝らさないと見えないほど自然と、でも不自然に泣いていた。母は、泣きながらゆっくりと口を開いた。その唇が震えていることに気づく。

「好きだったのよ。お父さんのことが、好きだったの」

胸の奥深くから絞り出すようなその言葉は、確かに母の本心だった。

「猛アプローチされて渋々結婚したはずなのに、お父さんがもう目を開けてくれないってわかった時、初めて自分の気持ちに気づいたの。あまりにも手遅れなその想いに、不甲斐《ふがい》なさと申し訳なさでいっぱいだった。だから、真っ赤な口紅を塗って自分を強く律していたの。今さらお父さんを思って泣くなんて許されないことなんだって、お父さんに逢いたくなる日は口紅を塗りながら自分に言い聞かせてた」

母はそう言って泣き崩れるようにその場にしゃがみ込んだ。全身を震わせて泣く母の姿を初めて見た。

そんな母の姿を見て、昔父が言っていた言葉が蘇《よみがえ》ってくる。

お母さんのことお父さんは本当に好きなの？　と、まったく顔に出ない父に訊いた時、無表情を貫いていた父がこの時だけ微《かす》かに微笑んで言った。

『一目惚《ひとめぼ》れしたんだ、お母さんに。お父さんが失恋したお母さんに猛アプローチしてやっと結婚してもらったんだ。だから、お父さんはお母さんに対して好きって言葉よりもっと強い愛情を抱いてる』

『好き以上の強い愛情ってなに？』

『ん？　望には、まだ早いかな』

父は母が好きだった。確かに、愛していた。その父と同じ感情を、母も抱いていたことに父が亡くなった後に気づいてしまった。

――「逢《あ》いたい人に逢える時間は一生なんかじゃない」

朔の言葉はそのとおりだといつも気づかせてくれる。

母は大事だったものを、いつの間にか日常のように当たり前のように捉《とら》えていた。

片手間にその大事なものに触れていた。永遠なんてないとわかっているのに、私達は永遠だと思いこんでしまう。それは本当にとても怖いことなのだ。

「お母さんも、あの日、消えてなくなりたいほど苦しかったの？」

もしかしたら、と思って投げた問いに、母は小さく頷いた。

そうか。私と同じように、母も岩田さんという人に逃げ場所をもらったんだ。消えてしまいたかったあのどうしようもない日々の中に、月のように夜の世界を照らす朔のような人に出逢ったんだ。

私は震える母の背中に触れる。やっと本当の母に触れられた気がして、私も母と一緒に泣いた。こんな自分でも、泣いている人の背中を摩《さす》るくらいのことはしてあげられる。気づきを得て、いつも自信のない自分を初めて受け入れてあげたいと思った。

誰だって苦しいと思う時はある。私が特別苦しんでいるわけではない。

母の胸の内に秘めていた本当の思いを知って、やっと心が動いた。消えてなくなりたいと思う前に、やらなければいけないことが私にはたくさんあったのだ。私はもっとちゃんと人と向き合わなければいけない。劇的な変化を待つだけじゃ駄目だ。私自身が行動に移さないと何も変わりはしない。私の見ている景色が、私の物語になるのだから。

＊

翌日、私はいつもより少し早く家を出た。

昨日一日中降っていた雨は朝方になると止んで、陽が差し込んでいた。青い空を映す水溜《みずた》まりを避《よ》けながら学校に向かう。

学校に着き、教室の扉の前でいつものように一呼吸置く。呼吸が整うと、意を決し扉を開けた。

「望～おはよ！」

絵里が私に気づいて手を振る。それに少し遅れて三咲も手を振ってくれる。私は二人の挨拶《あいさつ》に応《こた》えてから、いつもはまっすぐ二人の前に歩いて行くが、今日は少しだけ寄り道をした。

「え、望？」

三咲の何やってるの？　というニュアンスを込めた声が遠くから聞こえてくる。それに少し恐怖を感じながらも、彼女の前で潔く口を開いた。

「おはよう、花菜」

私の声に、俯《うつむ》いてスマホを触っていた花菜が恐る恐る顔を上げる。とても驚いたように目を見開いて花菜が私を見上げている。そんな花菜に、もう一度挨拶をする。

「……お、おはよう」

花菜はぎこちなく挨拶を返す。それに満足し、勇気を振り絞って開いた口を閉じる。若干まだ震えている唇の端に、バレないように力を込めた。そして、三咲達の元へ向かう。

「え、望。どうしたの？」

「どうしたのって、友達に挨拶しただけだよ」

「いやいや、友達って……まさか花菜のこと言ってんの？　私達花菜のこと切ったじゃん」

「私は切るのやめた。繋《つな》げることにした」

三咲と絵里が目を合わせ、互いに目線だけで意思疎通を図る。

二人が私に何を言いたいか、何を思っているのか手に取るようにわかる。特にわかりやすい二人のことは、深く考えなくてもわかりきってしまう。

恐怖で握っていた手から汗が滲《にじ》む。

やっぱりやめておけばよかった？　いやでも、もう後には引けない。これでいい。言いたいこと言うほうが、溜め込んで苦しくなるより絶対にマシだ。

私に対し、当然二人は言いたいことがあるようだった。だが、その言葉はＨＲ開始の予鈴に邪魔され、二人は渋々口を閉じた。その代わり、二人の目はスマホへと移り、親指が高速で動いていた。

きっと今その長方形の機械で、私に対する不満と愚痴を吐き出しているのだろう。とても恐ろしくて、今すぐ逃げ出してしまいそうだ。でも、もう少し頑張りたい。

私は自分の席に着くと、担任が教室に入って来るまで、持ってきたイヤフォンで耳に蓋《ふた》をし、雑音を遮断した。聞きたくないものは耳を塞《ふさ》げばいい。私はイヤフォンから流れる音楽の音量を上げた。

今の私が三咲達の側にはいられるはずもなく、小休憩中はずっとイヤフォンに頼って寝たフリをし、視覚と聴覚を休ませつづけた。

だけど、四限目が終わる十分前に、マナーモードにしているスマホの画面が音じゃなく光で通知を知らせる。画面には三咲から【昼休憩の時話ある】とだけメッセージが来ていた。私はそのメッセージを読んで唾《つば》を飲む。急激に喉が渇いて水分を求めている。指先が恐怖で震えていて、冷房の風が異常なほどに冷たく感じた。

朔。今日は朔に逢えるかな。逢いたい。逢えるなら頑張れる。もう二日も朔はあの河川敷に来ていない。もしかしたらもう来ないかもしれないと何度も頭を過《よぎ》る。

折れそうな心と、逃げ出したい衝動を抑えこんでくれるのは、朔に逢いたいという、ただそれだけの永遠ではない儚《はかな》い約束だった。

四限目が終わるチャイムが鳴り、三咲と絵里が教室を出て行くのを見計らって、私も後を追うように教室を出た。指定された階段下の人があまり通らない場所に着くと、三咲達以外に花菜も加わっていた。

「望……」

花菜も私が呼ばれているとは思っていなかったのか、私が来たことに驚いていた。殺伐とした肌を刺すような空気が流れる中、最初に沈黙を破ったのは当然三咲だった。

「私、まだ花菜に謝ってもらってないんだけど」

三咲は腕を組みながら、苛立《いらだ》ちを含んだ声で花菜に謝罪を要求する。三咲が求める謝罪は、説明してもらわなくてもわかった。花菜が三咲から大樹くんを奪ったことだ。

「なんで私が三咲に謝んなきゃいけないわけ？」

三咲を苦手だと私に言った花菜も、負けじと反論している。

三咲から彼氏の大樹くんを奪ったのは花菜のほうではあった。でも、大樹くんはちゃんと三咲に別れを告げて花菜のほうを選んでいる。奪われた側としては腹立つことだが、第三者である私から見たら花菜が一概に悪いようには思えなかった。だから花菜も三咲に謝ったりしない。

「はあ？　本気で言ってんの？　私が大樹と付き合ってる間、花菜は大樹と二人きりで会ってたんでしょ？」

「それは、三咲が大樹くんと付き合ってるのに他の男子と遊んだり連絡取り合ったりしていたからでしょ？　それが原因で、自分だけ好きなんじゃないかって悩んでたんだよ。それに相談に乗って励まし続けていたのは私なんだよ。むしろ三咲が私に感謝するべきじゃない？」

「なにそれ！　あんたそれでよく三咲の隣でお似合いなカップルだね！　とか言えたね！」

「……絵里は関係ないじゃん、黙っててよ」

「はあ!?　なにその言い方！」

花菜の生意気な態度に、明らかに腹を立てている三咲と、三咲にいつもベッタリな絵里が声を荒らげる。

「いいよね、顔がいい三咲は。大樹くんに振られてあんなに泣いてたのに二週間でもう新しい彼氏できて。すぐに人を好きになれる天才だよ！」

瞬間、周りの音を容赦なく掻《か》っ攫《さら》うほどの鋭い音が響いた。三咲が花菜の頬をひっぱたく音だった。花菜の頬がみるみる赤く変貌《へんぼう》していく。

ビンタをしても苛立ちが引っ込まないのか、三咲はさらに花菜の肩を強く押し、床に叩《たた》きつけた。その強い衝撃に花菜は尻《しり》もちをつき、痛みに顔を歪《ゆが》ませる。鬼の形相で睨《にら》みつけている三咲を、負けじと強い眼で見上げる花菜に全身が粟立《あわだ》った。

「調子乗んなよ！　あんな男、あんたみたいなブスに奪われても痛くも痒くもないんだよ！」

　顔も性格もブスなあんたにはお似合いな男だよ！」

花菜の胸ぐらを乱暴に摑《つか》みながら三咲が罵倒《ばとう》する光景に、私は恐怖で一歩後退《あとずさ》る。

怖い。逃げたい。――消えたい。

私の手や足、身体全部が震えていた。血の気が引き、立っていられないほどの恐怖が全身を覆う。

どうして人は傷つけあうのだろう。どうして永遠が存在しないのだろう。

「……朔っ」

小さな声で朔に助けを求める。朔みたいにバカになって自分に正直に行動してみても、やっぱり怖いものは怖いし、苦手なことが大丈夫になる訳でもない。こんな私を見て、朔は優しいから逃げていいと言ってくれるはず。またあの時のように耳を塞いでくれるはず。

今、この苦しい時に私は朔に逢《あ》いたい。朔を求めている。でも、当然朔はいない。私が呼んでも朔はここに来たりしない。今日の夜も、朔は逢いに来てくれないかもしれない。もう一生逢えないのかもしれない。

「なんで少しでも好きだった人のこと悪く言うわけ⁉　三咲が大事にしてれば、大樹くんは心変わりなんてしなかった！　そうでしょ⁉　私に怒るのは間違ってる！」

「好きだったよ！　ちゃんと！　でもあんたが奪ったんじゃない！」

なんでお互い同じ気持ちで、すぐに逢えるほど近くにいたのに、三咲は大樹くんのことを大事にしなかったんだろう。私は、もう朔に逢えないかもって考えてしまうほどに緩い関係性で、明日《あした》も明後日《あさって》もいつでも逢えるっていう絶対がないのに。

朔が来ない明日があって、逆に私が行かない明日もある。朔に逢えるのも永遠ではない。なのに、どうして私は明日も逢えると思っていたんだろう。

「また明日」という言葉を全面的に信じてしまっていた私は、考え足らずだった。

同じ気持ちで好きな人と付き合えて、いつでも逢えるという絶対的関係性だった三咲が心底羨《うらや》ましい。

「好きだったらもっとちゃんと向き合えばよかったじゃん！　他の男と遊んでいる暇あるんだったら大事にしてあげればよかったじゃん！」

花菜の言葉が、私の胸を切り裂いていく。

逢えたい人に逢えるのは永遠じゃないと、父を亡くした私はよくわかっていたのに、朔もそう言っていたのに、どうして私は好きだって気持ちに気づいた時すぐに言わなかったんだろう。あのキスはどういう意味だったの？　ってなんですぐに聞かなかったんだろう。

――「そんなどっちつかずじゃ、本当に大事なものちゃんと大事にできないよ」

花菜は大事なものを選んだ。友情よりも恋愛を取った。三咲達といる時間よりも、好きな人といる時間を選んだんだ。朔と同様に、花菜も一番大事にしたいものがちゃんとわかっている人だった。

「……すごいね」

私は気づくと、そう洩《も》らしていた。

「……望？」

ずっと黙っていた私が、突然文脈が噛《か》み合ってない言葉を口にするもんだから、三人は困惑したように同時に首を傾けた。

「好きな人と付き合えている三咲もすごいし、友情か恋愛かどっちが大事か選べる花菜もすごい。ずっと三咲の味方でいる絵里もすごい」

「……望？　大丈夫？」

「私はずっと中途半端。好きな人に好きって言えないし、三咲か花菜かどっちが正しいのか、どっちと仲良くすればいいのかも選べないし、わからない。だから、私は何一つ大事にできてない」

三咲がゆっくりと花菜の胸ぐらから手を離し、私に向き合う。

「逢いたい人に逢えることも、好きな人に好きだって言うこともいつだってできるわけじゃない。そんなのわかっているのに、どうして言えなかったんだろう」

私はバカみたいに朔への想いを、関係のない三咲達にこぼして懺悔《ざんげ》している。バカみたいに泣いて、バカみたいに朔を求めている。

「逢いたいのに、朔はもう私に逢ってくれないのかも……恋って、難しいね」

恋愛なんて難しいこと、私にしている余裕はなかったはずだった。だけど、恋してしまった。案の定、恋愛の難しさに打ちのめされている。

込み上げる感情に抗《あらが》えず、とめどなく溢《あふ》れさせる私の涙に釣られ、なぜか三咲が泣きはじめた。それが引き金となり花菜も絵里も泣きはじめてしまった。状況は、一瞬でカオスへと変貌した。

本当に三咲は大樹くんのことが好きだったのかもしれない。だけど大樹くんと同じ好きを三咲はあげられなかった。花菜もずっと迷っていたはずだ。三咲を選ぶか、大樹くんを選ぶか。ずっと迷って悩んで出した答えが大樹くんだったけど、少しの後悔もなかったわけではない。だから、ブロックではなくわざわざブロ解をして気づかれないように関係を切ろうとしていたんじゃないか。

絵里もそんな二人を見ていて辛《つら》かったと思う。三咲に話せなくても自分には話してほしかったと思っていたはず。なのに、突然関係を切られ、戸惑いと苛立ちで言葉の刃《やいば》を向けてしまった。それくらい絵里は三咲と同じように花菜のことが好きだったから。

ずっと三人を見ていた私にはわかる。私だからわかるんだ。

私達は、大事だったはずなのに、いつの間にか大事にできずに手放してしまったことを思い出し、バカみたいにみんなで泣いた。自分からバカになれば相手もバカになる、その言葉は本当になった。

朔の前でもとことんバカになって、いつもみたいに豪快に笑わせてみせるから、私に逢いに来て。お願い朔。そう、私は泣きながら願っていた。

だけど、朔は今日の夜も私の前に姿を現さなかった。

日付が変わり、足元を見つめながら小さい歩幅で歩く私の横を、リードに繋《つな》がれた犬が舌をだらしなく出して通り過ぎていく。

「ちょっと、あなた！」

その時、女の人の声が背後から飛んでくる。突然の呼びかけに一瞬身体を硬直させ、恐る恐る振り返る。月の光に照らされて薄《うっす》らと見える見覚えのある顔に、毎晩河川敷を犬と散歩している女性だと気づく。女性は、なぜか私に話しかけてきたのだ。

「……な、なんですか？」

本当にこの人は私を呼び止めているのかと不安になるが、私としっかり目が合っているから人違いとかではなさそうだった。

オドオドしながらも呼びかけに応《こた》えると、女性は言いにくそうな顔で口を開いた。

「毎晩ここに来ても、もう彼は来ないと思うわ」

〝毎晩〟〝彼〟の二つだけの単語で、女性が朔の事を言っているのだとすぐに勘づいた。毎晩散歩させている女性だと私が認識しているように、この女性も私達のことをいつも河川敷で話している若者達と認識していた。だから朔のことも知っていて当然だった。

だが、話したことはない。話したことはないのに女性は朔が来ないと決めつけるような言い方をしてくる。

「朔のこと知っているんですか？　朔と知り合いですか？　今朔がどこに住んでいる

か知っていますか？　私、朔に逢いたくて――」

「ごめん、それは知らないわ」

朔の住所を知っているのかも、と逸《はや》る気持ちで詰め寄るが、頼みの綱はすぐに断ち切られた。女性は、これ以上聞かれても知らないのだ、と言うように手のひらを私に突き出す。

「……じゃあ、なんでもう来ないってわかるんですか？」

正直言って、この女性は気味が悪かった。犬を散歩させるにしてもいつも夜中だし、私に声をかけてきた理由もわからない。口から発せられる言葉に違和感しか覚えられないのも含めて、気味が悪かった。

私は、いつでも逃げられるように、右足を下げる。だけど、女性はまた意味のわからないことを口にした。

「彼の本体はここにはないから」

……彼の、本体？

この人は、今私に何の話をしているのだろう。朔が来なくなったことについて話しているのだろうか。

私が首を傾けると、女性は眉《まゆ》に力を入れ苦虫を噛《か》みつぶしたような顔で私を見る。

「今の彼は、人じゃないの」

…………は？

その感情しか湧かなかった。

やはりこの女性は私をからかっているのだ。夜更けに出歩いたら補導対象になる生徒を脅かそうとしているのだ。そうにちがいない。

そもそも、朔が人じゃなかったら、本当はなんだというんだ。

強烈な言葉を放ったくせに、女性はたいして深く説明せず淡々と何かを私に話してくる。考える脳は置いてけぼりで、オカルト話のような現実味を帯びていない話が次から次へと女性の口から語られていく。何一つとして、深く理解ができなかった。そんな私に、女性はもう一度私の脳内に残るように強く口にした。

「彼の命はもう、そう永くはないわ」

女性がそう放った瞬間、世界が反転したように、私の瞳《ひとみ》に映る景色が白飛びし視界を邪魔する。

月が輝くために夜が訪れている。そんな錯覚をするほどに綺麗《きれい》で明るい月は、動揺と混乱で容赦なく発光する光に呆気《あっけ》なく奪われ見えなくなる。景色が歪《ゆが》み、月が二重三重になっている。どれだけ欠けたのかわからないほどの眩暈《めまい》が襲う。

それでも、その月へと手を伸ばした。朔が、そこにいるような気がしたから。

第六章　晦日《みそか》

取るに足らない時間が流れる中、茫然《ぼうぜん》とした自分の耳に微《かす》かに扉をノックする音が聴こえてきた。

「望、朝ごはん作っておいたから食べてね」

耳を傾けると、扉の向こうから母がいつもより気持ち優しめの口調で伝えてくるが、無視を貫きとおした。食欲もないので立ち上がったりもしない。

ベッドの上で枕を抱きながら、窓から見える空をずっと見ていた。夜が耽《ふ》けるのを待つ私は、朝方の日の出も、昼間の太陽も正直言って今は見たくない。私は、あれからずっと夜だけを待っている。朔に逢《あ》える夜だけを。

日が落ち始めてから夜が明けるまでの間、ずっと起きている私はすっかり夜型人間になり、今日は部屋に閉じこもり学校もズル休みしている。どうして学校に行かないの、と咎《とが》められても何も言えないほど自分勝手なことをしているとわかっている。だけど、そこまでしても私は朔に逢いたいのだ。

夜にずっと起きているせいか、朝になると猛烈に眠気が襲う。それに抗《あらが》うことなく私は静かに目を閉じた。夢の中だったら朔に逢えるかな、と淡い期待を抱き、みんなが動きだす時間に眠った。

あの日は、朔に出逢って二十三日目の夜だった。

三日も朔は河川敷に現れず、心配と不安と苛立《いらだ》ちをかき混ぜたような感情を抱きながら歩いていると、毎晩犬の散歩をしている女性に声をかけられた。

その女性は、朔のことを〝人ではない〟と言ったのだ。

「あなたはニュースを観る？」

「……え？」

女性は唐突な質問をしていることに気づいていないのか、それともその人の中では繋がっていることなのか、初めて話す人だと空気や表情や目線では読み取れなかった。だから、素直に答えることにした。

「学校出る前とかだったら」

「そう。じゃあこの事故も知っているかもね。どこの放送局でも取り上げられていたから」

女性はポケットからスマホを取り出し、親指で文字を打ち検索しはじめた。その間リードに繋がれた犬が私をじっと凝視していた。

「あった」

女性は探し物を見つけたのか、画面を少し明るくしてスマホを突き出した。スマホの光が眩《まぶ》しくて一瞬顔を顰《しか》めた。

「水難事故があったの、知ってる？」

「……え、ありましたっけ？」

水難事故だけを言われても、毎日色んなニュースが放送されているのであまり憶《おぼ》えていない。ニュースなんてほぼ流し見だ。

思い出すためにも、女性が画面に映している水難事故の記事を読みはじめる。

【六月二十一日午後五時二十五分頃、熊本県八代市萩原町を流れる球磨川で男子生徒が流されていると通報があった】

記事を読んで、いつか見たニュースが頭の中を過《よぎ》る。

「この日は新月の夜だったわ。だから……二十二日前？」

顔は動かさず、目線だけを女性へと移す。

二十二日前、夜空に月が消える新月の夜。私と朔はこの河川敷で出逢った。でも、それがなんだと言うのだ。そのニュースと朔になんの因果関係があるのか。

私は女性からもスマホからも目を逸《そ》らす。だけど、私の心臓が警告を知らせるように、速く強く脈打っていた。ここから逃げないと、そう思った——でも一体何から？

「私は彼のことは知らないわ。もちろんあなたのことも知らない。でも、彼が人ではないことは知っている」

「失礼ですけど、あなた霊媒師とか宗教の方とかですか？　それなら妙な勧誘はやめてください」

「残念だけど、霊媒師でも宗教信者でもないわ。私はごく普通の人よ」

なんでも見透かしてしまいそうな女性の目が怖くて、口を開いたら何かを洩《も》らしそうで、無意識に息までも止める。

「でも、彼は違う。彼は……久連松朔は、あなたや私とは違う」

なんで、朔の名前を？

そんな疑問に、女性は私の心を器用に解読し、スマホに映される記事の一部分を拡大して見せてくる。

「記事に書いてあるから、彼の名前。ほら、ここ」

【久連松朔さん（17）はすぐに救助されましたが、今も意識不明の重体で——】

確かに珍しいと思った朔の久連松という苗字《みょうじ》と、何度もこの声で呼んだ朔という名が記事に記載されていた。でも、世の中には同姓同名の人も存在する。信じられるわけない。朔が、そんなことあるわけない。

「あなたも本当は彼に違和感を覚えていたんじゃない？」

「……違和感？」

「彼が歩いた道や座った場所に彼が確かにいた形跡はあった？　彼はいつも同じ服を着ていたんじゃない？　毎晩逢っていたのに同じ服って変だと思わなかった？　それに、彼はあなたに触れないようにいつも一定の距離を空けていたんじゃない？」

確かに、朔はいつも同じ服を着ていた。部活の練習着のようなラフで動きやすい服だった。だけど、朔はサッカーをやっていると言っていた。練習着だとしたら毎日部活で着ているから何着も持っているのだと大して気にも留めなかった。

女性の言うとおり、朔の座った場所は本当に誰かが座ったのかと疑いたくなるほど、朔の体重に負けず雑草は活き活きと立っていた。

多少の違和感はあった。でもだからと言って、朔が人ではないのだという、そんな現実味がない話は信じられるはずがない。そんなフィクションのような話が現実で起こるはずがない。

「私は確かに朔に触れたことがあります。変なこと言うのはやめてください」

朔は毎晩私よりも先に来ていて、いつも私が手を伸ばしても届かない一歩分の距離を空けて座っていた。それはもう朔の中でルール化しているようだった。だから、私もそれに何も言わず日常として流した。

私達は言わば初対面で、男女でいるからと言って恋愛に発展するわけでもない。ただ会話する関係性はある。だから、その距離感は妥当だった。

だけど、私達は一度だけ一線を越えた。手を握ってキスをした。でもそれだけだ。満月の日に魅せられて、仄《ほの》かに寄せていた淡い感情が、朔の体温を感じたことで高ぶった。多分、朔もそうだ。

確かに、私達はあの日触れ合った。たとえ、翌日には朔が私に触れたことを記憶から抹消するかのように、いつもどおりの一歩分の距離を作っていたとしても、それに不満や違和感を覚えていたとしてもだ。人ではない、と結論を出すにはあまりにも飛躍しすぎている。

「それでも、今彼はここには来ていない」

核心を突く言葉だった。

「触れ合う関係性なら、毎晩逢いに来るはずでしょ？」

私が抱いた違和感を追及するように、女性が現実を突きつけてくる。それでも、朔がまたここに来ることを信じたい気持ちの方が勝った。

「朔は来ます」

「無理よ」

すべてをわかったように語り、決めつけるこの女性にとにかく腹が立った。腹が立ちすぎて、言葉が詰まり息だけが荒くなる。だけど、不思議とその苛立ちをぶつける気にはなれなかった。私を見つめる目が、あまりにも優しかったから。

「彼自身に逢いたいなら急いだほうがいい」

ちょっと待って。そう言っているはずなのに声は出ていなかった。

「彼の命はもう、そう永くはないわ」

彼、とは誰なのか。ながくない、とは何がながくないのか。

終始、女性が発する言葉は理解不能で、現実味のない話だった。

わけが分からないのに、消えそうだった朔の後ろ姿を思い出して、確かに私の中でゆっくりと腑《ふ》に落ちていくのを実感していた。

「月から来た」といたずらっぽい笑みを浮かべて言う朔に、本当に月から来たんじゃないのかと思っている自分がいた。朔という存在は、私が求めていた架空の人物で本当は存在していないのではないかとも考えていた。だって、あまりにも私に都合がよすぎるから。

ねえ、朔。あなたは今どこにいるの？

どうやって私に逢《あ》いに来たの？

どうして私にあの日声をかけたの？

朔、朔っ、朔――。

「……朔」

そして、また朔の名前を呼びながら私は目を覚ます。カーテンを開けっ放しにしていたせいで、昼の日差しに無理やり起こされてしまう。

五時間ほどは寝たはずなのに、身体はまったく休めていないのか鉛のように重く、鈍い痛みが頭の中を叩《たた》いていた。頭痛にこめかみを軽く押さえながら、スマホの電源ボタンを押して起動させる。画面が光るとラインの通知が最初に表示され、誰かからメッセージが来ていた。

「花菜？」

メッセージは花菜からだった。

みんなで散々バカみたいに泣いた日から誰にも連絡はしていない。億劫《おっくう》だったが、私はトーク画面を開いた。

【体調大丈夫？　ごめん、私達のせいで学校来づらいよね。望と話がしたいんだけど、元気になったら連絡して】というメッセージだった。

あのあと、昼休憩いっぱいまで泣いてあらゆる感情を発散させた私達は、逃げ場所を求め、教室、保健室、家へと各々逃げ込んだ。

私と花菜は教室に戻り午後の授業をちゃんと受け、絵里は体調が悪いと保健室でサボり、三咲は誰とも顔を合わせたくないのか家へと帰っていた。

そこからはわからない。みんなが一人になってどう思ったのか、なんであんなにも泣いていたのか、あの日から学校を休んでいる私はその後のことを知らない。

私は迷った末に【もう元気だから心配しないで、話ってなに？】と返信した。

今の時間だと五限目授業の真っ最中だろう。授業中にもかかわらず、私の返信にすぐ既読がついた。

【よかった。学校終わったら話せる？】という、スマホでのやり取りではなく、対面での会話を花菜に求められる。今はあまり人に会いたくなかったけど、いつかは会って話さないといけない。意を決し、承諾した。


それから、母が作ってくれていた朝ご飯をかなりの時差で胃の中に押し込み、学校が終わる時間まで意味もなく一点を見つめて時間を無駄遣いする。

早く時間が経てばいいのに。早く夜になればいいのに。

夜を求める私のスマホに、学校を終えた花菜から連絡が入る。学校の最寄り駅ではなく、私の家の最寄り駅まで来てくれると言うので、その近くのファミレスに入って話すことになった。

駅に着き、電車が到着する度になだれるように人が改札を通っていく。ＩＣカードの機械音がテンポ良く鳴るが、たまに流れに乗れなかった人が機械に止められる。後ろに並んでいたサラリーマンが迷惑そうな顔で押し退《の》けて改札を出ていく。ここでもまたうまく順応できず、周りに少しでも遅れると弾《はじ》かれてしまう。とても生きづらい世界だ。

憂愁を浮かべた顔でそんな光景を見ていると、目の端に見覚えのある制服が映り込んだ。すぐに視線を向けると花菜が首を振りながら私を探していた。

「花菜！」

名前を呼ぶと、私を見つけた花菜は安堵《あんど》したように小さく笑いかけてくれる。その表情に、なぜか安堵し顔が綻《ほころ》んだ。

友達が私を探してくれる、私が友達を探す、それは当たり前のように行われる〝逢う〟までの一連の流れのほんの一部だった。

誰かと逢うためには日付と場所を約束して、待ち合わせをして互いが互いを見つけ、やっと顔を合わせることができる。

この世界は生きづらくて恐ろしくて、あちらこちらで協調と順応が常に求められているけど、それでも私達は大事な人や大事な物に出逢《であ》えるのなら、この生きづらい世界も容易に歩けるのがなんとも不思議だと思った。

それは、朔に逢えるならこの世界にいたいと口にした、あの時の私を思い出させてくれる一コマだった。

「ごめん待たせた？」

「ううん」

「この駅初めて降りたんだけど、結構人が乗り降りする駅なんだね」

ちょっと人に押されちゃった、と花菜が笑いながら吐露する。改札で引っかかったさっきの人のように、花菜も初めての場所でうまく順応できなかったようだ。やっぱり自分が学校に向かった方がよかったかも、と顔を窺《うかが》う。だけど、花菜は初めての場所にあちこち視線を動かしていて、その表情はどこか楽しそうに見えた。

「ん？」

「あっ、ううんなんでもない」

どんな些細《ささい》なことでも顔色を窺ってしまうのは私の悪い癖だ。

私達は駅近くのファミレスに入り、軽く食べられるポテトなどのサイドメニューを注文した。

「望、もしかして体調悪いってのは嘘？」

体調不良を理由に学校を欠席していたが、実際は昼夜逆転してしまったせいで朝が起きられなくなっただけのずる休みだ。寝不足で顔も浮腫《むく》んでいるが、身体は至って普通だ。そんな私を見て、花菜も勘づいていたようだ。

バレているのなら嘘に嘘を重ねても罪悪感で苦しくなるだけなので正直に頷《うなず》いた。

「ごめんね」

「え？」

「望が学校に行きたくないのって私達のせいだよね」

「あっいや違う！　本当に違う！」

非を詫《わ》び、萎縮《いしゅく》している花菜に強く否定する。

確かに、学校には行きたくなかったし、消えてなくなりたいとさえも思っていた。でも、それは私が言いたいことを溜《た》め込みすぎてしまったせいで、みんなのせいではない。誰かのせいにするならば、確実に私のせいだ。

「それでも、私達のせいでたくさん悩んだでしょ？」

自分のせいだから、とまた自分に負荷をかける私に気づいたのか、花菜は「ごめんね」とまた謝った。

「あのあと私達いっぱい話したの。言いたいこと正直に言い合っていっぱい怒って泣いて、最後は泣きながら笑ってた」

泣きながら、笑ってた？

私が花菜の言葉に首を傾けると、花菜が三人で話した内容を私にも教えてくれた。

前なら軽く流されてその輪には入れてくれなかった。多分、私も心のどこかで三人の話にさほど興味を示していなかったからだと思う。でも今は「知りたい」と思っている。

居住まいを正し、聞く姿勢に入る私を見て、花菜は諭すように頷いた。

「三咲はね、最初に付き合った人から『お前は顔だけだ』って言われて、それがずっと心に残ったまま消えなくて、つい彼氏を試すようなことをしてしまうんだって。彼氏以外の男子と出掛けたりするような自分でも、それでも一緒にいたいと言ってくれるのか、こんな自分でも側にいてくれるのか、ブレない確かな愛が欲しかったみたい。バカだよね。ちゃんと大樹くんのこと好きでいたのに。そんなことしなければ、大樹くんは今も三咲といたはずなのに」

三咲の悩みや苦しみは、傷つけられた三咲にしかわからない。三咲の大樹くんに対する言動が傍《はた》から見ればバカだと言われてしまうことでも、三咲にとってはそれが重要だったのだ。

「絵里は、バイト掛け持ちしたりしてるじゃん？　家が結構カツカツらしくて、でも必死にバイトしてお金稼いで私達にずっと合わせてくれていたみたい。中学の時、少しだけ仲間外れにされたらしくて、だから私達に仲間外れにされることだけは避けたかったって言ってた。だから、私がブロ解して関係を切ろうとした時すごく腹が立ったって。そりゃあ腹立つよね」

仲間外れにされたことがあったなんて知らなかった。

絵里の辛《つら》かった過去を聞き、俯《うつむ》いてしまう。今は指先一つで気持ちを伝え合える便利なスマホがあるけれど、やっぱりそんな機械じゃ当てにならないと思い知らされる。

自分の内に秘めて安易に話せないようなことは、意外とみんなすぐに伝えられる機械なんかに頼りたくはないのかもしれない。だけど、人を罵《ののし》る言葉はなぜか機械の中で悪意として流れていく。

結局はみんな誰かに傷つけられる前に、誰かを落として逃れようと心のどこかで思っているのかもしれない。みんな逃げたくてしょうがないのかもしれない。

私は花菜を盗み見た。店員が持ってきたポテトを人差し指と親指でつまみ、口の中に放り込んでいた。揚げたてのポテトを食べているはずなのに、花菜はとても不味《まず》そうに顔を歪《ゆが》めている。

まだ何か伝えたいことがあるように見えたので、続きの言葉を静かに待った。案の定、花菜が口を開く。

「二人ともバカだけど、私が一番バカだった。ちゃんとみんなのこと知る前に勝手にこういう子だからって決めつけて、嫌になって、関係を断ち切ろうとしていた。最低なことしていた」

花菜の何もかもが嫌になる気持ちも、昔傷つけられたことが何年経っても残っている三咲の気持ちも、今度こそ失敗できないと必死にしがみつく絵里の気持ちも全部わかる。自分だけが悩んで溜め込んでいるのだと思っていたけど、全然そうではなかった。

私のせいだ、私が駄目だから、と自分を責めながら向き合うことから逃げていた。そうやって、どこか自分を甘やかしていたのかもしれない。これ以上傷つかないようにと。

今回の件で、悩んで溜め込んで苦しんで、消えてしまいたいと思っているのは私だけではないと気づいた。そして三人も私と同様に気づいたのだ。

私達は、一番大事なことは言葉にせず、言葉にしないから上手《うま》く噛《か》み合わず、互いに互いを傷つけていたのだと。

「今から望に最低なこと言うから、後で殴っていいよ」

「え」

「私どっかで望のことバカにしていた。望が私の意見を全部受け入れて否定もしないことにずっと甘えていた。面倒くさいことや気に食わないことは全部望に押しつけて、それでも望は全部に『わかった』って頷いてくれた。望が私達の側にいれば、私は傷つかないですむって思っていたの」

照明に照らされ目元がキラリと光った。それが、花菜の頬を濡《ぬ》らしていく。

「私が三咲達から離れたら、私の位置に望が入る。今まで傷つけたことに対する償いになるかなって、私謝ってもないのに望に許されようとしていた。だけど、望は私が大樹くんと付き合っていること三咲達に黙っていてくれた。ブロ解しても私のこと心配してくれた。望なりに、私の気持ちを必死でわかろうとしてくれていた」

してくれていた、だなんて言い方をしてくれる花菜にそんなんじゃないと否定したくなった。

私は、相手の気持ちを考えすぎて勝手に感情移入して、同情して、共感していた。でも花菜の本当の気持ちなんてやっぱり言葉にしてくれないとわからない。それなのに、私は強く踏み込めなかった。花菜の気持ちを勝手に汲《く》んで、本当の気持ちを知ろうと言動に移しはしなかった。

臆病《おくびょう》な自分を嘲笑《あざわら》うように息を吐く。

「それでわかった気になっている自分は、すごく厚かましいと思う」

「そんなことないよ！」

マイナスな言葉を洩《も》らすと、花菜は前のめりで否定してきた。驚いて目を見開く。

「望だけは私のこと切らずにいてくれた。望があの日、私におはようって挨拶《あいさつ》してくれたから、こうしてまた三咲達とちゃんと話すことができたの。望は何も大事にできないってあの時言ったけど、私達が大事にできなかった繋がりを、望は一番大事にしていたよ」

「……繋がり？」

「望がずっと私達の間に立って、真ん中で手を伸ばしつづけてくれた。片方の手下ろしたらどっちかを掴《つか》まえられるのに、望はずっとその場所にいた。望がいなかったら、私達向き合おうなんて思わなかった。元いた場所に誰かいるって大事だよ。またそこに帰って行けるから。望は、私達が戻れる場所を守ってくれていたことに、今さらながら気づいちゃった。ごめんね。ごめん望」

涙と鼻水でぐしゃぐしゃな顔で、花菜は何度も頭を下げた。

私は、いつだって一つに絞れなくて、口下手で臆病で、周りに合わせることに必死だった。やっと周りに順応できたと思えば、すぐに変化して、離れて、奪われていく。永遠に変わらないものなんてないと知ってからも、それでも私はずっと永遠に変わらないものが欲しかった。

「望、ありがとう。私のこと切らないでくれてありがとう」

こんな心からのありがとうをもらうのは初めてで、私も釣られて涙がこぼれた。

──「これから先、望に救われる奴はおるよ。絶対におるけん」

口だけの絶対に、信ぴょう性なんてなかった。なのに、朔の言葉に導かれたように、花菜は感謝を伝えてくる。私がいてよかったと。

「ねぇ、望。私は望の話も聞きたい」

顔を乱暴に服の袖《そで》で拭《ぬぐ》いながら花菜が言った。

「私の話？」

「望いつも人の話聞いてばっかで自分のこと話さないじゃん。でも、あの時言っていたでしょ？　朔って子に逢《あ》いたいって。朔って誰？　好きな子？」

花菜は興味津々にテーブルから身を乗り出して訊《き》いてくる。

聞き役に徹していた私の口から、誰かの名前が出ることが相当珍しかったのか、つい洩《も》れてしまった朔の名前を花菜はしっかりと憶《おぼ》えていた。それくらい私は、自分のことを話していなかったのだ。

「好きな子なんでしょ？　ねえ、誰？　同じ学校？」

さっきまであんなに泣いていたのに、今はもう私の答えに前のめりだ。自分の話をするのに慣れていない私は案の定顔が引き攣《つ》ってしまう。

「……どこの学校なのかも知らない」

「え？　学校知らないの？　じゃあ、どこに住んでいるのかも？」

以前、熊本から来たと言っていたけど、住んでいる場所は知らない。熊本から毎晩私に逢いに来るのは現実的じゃない。

その時、また河川敷で会った女性の言葉と、朔の名を記載した記事を思い出す。

「連絡先も知らないし、何もわからないの。朔のこと名前と好きなものくらいしかわからない」

なにそれ、と笑われるだろうか。そんなの好きのうちに入らない、と一般常識を語られてしまうだろうか。だけど花菜は、私の不安をよそに顔を綻《ほころ》ばせて穏やかに笑っていた。

「それ……どういう顔？」

「なんかそういうのいいなって思って」

「いいな？」

「どこの高校で、どこに住んで、誰と知り合いで、SNSのアカウントはどれか、とか最初は大体そんなところから知ろうとするでしょ？　でも、望も、その朔って男子も、それすっ飛ばしてでもお互いの好きなものとか人柄のほうが気になったってことだよ。スマホも電話もない昔にタイムスリップして恋愛しているみたいで羨《うらや》ましい～」

花菜は顔を左右に揺らしながら、私の片想いの話に悶《もだ》えていた。

今与えられているこの時間を大事にして幸せを噛《か》み締めたい、という朔の願いに共感し、私達は夜だけに逢う時間を選んだ。昼間に逢いたくなっても、夜にしか逢えないこの関係は私を腹立たせていた。でも、三咲達から逃げずに昼を乗り越えられていたのは紛れもなく朔に逢える夜の時間のおかげでもあった。この関係性はもどかしかったけど、この関係性だから夜の時間を大事にできていたし、朔の前では正直でいられた。

「でも、朔が離れた時に気づいた。何も知らないせいで私達はもう一生逢えない関係性になったんだって」

この関係性は正しかったのか、間違っていたのか、今ではもうわからない。もう、考えたくもなかった。

でも、好きと伝えることを後回しにしたことだけは、全力で間違えていたのだ。朔との時間を大事にしていたつもりで、本当はどこかでまた明日《あした》も逢えるからと思っていたのだ。

「望は本当に逢いたいの？　彼に」

「逢いたいに決まってる」

「じゃあ、もっと必死こいて捜したらいいじゃん。彼の名前でＳＮＳ検索したりした？　彼が好きだったものでもいいからタグで捜したりした？」

「そんな、ストーカーみたいなこと」

「できない？　だったら諦《あきら》めなよ。捜す努力しない人は一生逢えないよ。精々ちっぽけな運命とか偶然とかに期待しな？」

なんてひどいことを言うんだ、と腹が立って口をへの字に曲げる。

「今は便利だから、捜そうと思えば見つけられるよ。それが、一般的に度が過ぎていても、本当に逢いたいなら、逢って話したいことがあるなら逢うべきだよ」

「……あるよ、話したいことたくさんある。まだ全然これぽっちも言えてない」

「じゃあ逢おうよ。本当に彼のこと知っている人はいないの？　ほんの少しでも些細《ささい》な情報でも彼のことを知っている人はいない？」

そう問われ、やっぱり気味の悪い発言ばかりしていたあの女性しか思い浮かばなかった。

「いるの？」

私はわかりやすく言葉を詰まらせる。でも、あの女性は駄目だ。駄目。

あの女性に逢うということは、あの記事が朔の身に起こったと認め、朔は人ではないと受け入れてしまうことになる。そんなの、できない。

「望」

脳内で葛藤《かっとう》をしている私の手を花菜は強く握った。

思い詰めた表情をしていたのだろうか。花菜は心配そうな目で私の顔を覗《のぞ》き込む。

「望の中で、今一番大事にしたいことはなに？」

「え……」

「言いたいこともある。逢いたいとも思っている。それなのに、望はまだ大事なものを選べないの？」

繋がりを大事にしていたんじゃないの？　そう、問われている気がした。

私が伸ばしている手を朔は摑まない。でも、私が一歩踏み出せば朔を摑まえることができる。できるのに、しないのは逃げているだけだ。

私はもういい加減、こんな自分を受け入れて前に進まないといけない。繊細すぎるから、これは生まれ持った特性だから、それらを理由にして私に大切なことを教えてくれた朔から逃げるのは間違っている。絶対に。

こんな自分も受け入れて、朔に逢って、好きって言う。

今はそれだけを大事にしないといけない。朔がたとえ〝人〟でなくても、私は朔に逢いたい。

「片想い玉砕しても、消えてなくなりたくても、私はそんな望を待ってるから。ちゃんと待ってる、ここで」

今の花菜と同じように、朔も「ずっと待ってる」と言ってくれた。待っている人がいるっていいな。それだけで、この世界で生きていくことへの十分すぎる理由になれるんだから。

「ありがとう、花菜」

心からのお礼を口にすると、花菜は満足げに笑って深く頷《うなず》いた。

日が落ちた十九時半頃に私達は解散した。

家には帰らず、私は河川敷で女性を待った。

空が黒に染まり、出番がきたと月が夜を照らす。月の周りで月の眩《まぶ》しさに敵《かな》わない星が、黒のキャンバスを目一杯に使い、微《かす》かな光をそこら中に放っている。それでも月には敵わない星が哀れに思えた。

絶対的な明るさを放つ月の前では、色んな星座がある星さえも敵わないのだ。朔も、そんな月と同じだった。朔の前では、ちっぽけなプライドも、ありきたりな言葉で並べた嘘も、何年ものの作り笑顔でさえ通用しない。

まっすぐ好きなことに全力で向き合うことでしか生きられない朔の前では、色んなことから逃げている私は無価値のようになってしまう。そう思ってしまう。それでも朔は、そんな私でもいいと言ってくれた。変わらないでいいと私を常に肯定してくれた。

朔はなんでこんな私を肯定してくれたのだろうか。もしかしたら朔も、何かを誰かに肯定して欲しかったのだろうか。月が夜にしか輝けないように、朔も輝けない時間があったのではないか。

私は自分のことばかりで、朔の胸の内まで聞いてあげられなかった。

私達はまだ話せていない。まだ話し足りない。毎晩のたった一、二時間じゃ足りない。だから、今度は私が逢《あ》いに行く。私が朔に逢いに行くから。

その時、背後から「ワン！」と犬の鳴き声が聞こえた。勢いよく振り返ると、待ち人が立っていた。

「まだいたのね、ここに」

いつもと変わらず、リードで繋《つな》いだ犬も一緒だ。

「朔が、彼がどこにいるか教えてください」

「私もあなたと同じで記事に書いてある情報しか知らない。水難事故が起きたその川の近くに住んでいるだろうってことしか、私もわからないの」

「本当にこの記事は、ここに来ていた朔のことなんでしょうか」

「人違いってことも有り得る。人はなんでも鵜呑《うの》みにしてしまうけど、やっぱり自分の目で見た事実しか本当は受け入れられない生き物よ。自分の目で確かめに行ってみたら？」

怖いけど、私は確かめないといけない。この目で。

「もし、朔がこの記事に書いてあるとおり水難事故で意識不明の重体だとしたら、私に逢いに来た朔は……幽霊、なんでしょうか」

人ではない。本体は別にある。ということは、そういうことなのだろうか。

「それも、自分で確かめた方がいい」

この女性は答えを知っている。だけど、教えてくれないのはそれが朔の口から聞いた方がいい答えだからだろう。

「何か他に聞きたいことがあったらいつでも連絡して」と、女性は私に電話番号を表記した名刺を手渡した。その名刺をポケットにしまい、私は女性に深く頭を下げてから、家路を早足で急ぐ。途中からは堪《たま》らず走りだしていた。

家の玄関扉を乱暴に開けると、ただいまも言わずに階段を駆け上がり自分の部屋に向かう。部屋のクローゼットを開けてボストンバッグを手にするとチャックを壊しそうな勢いで豪快に開ける。その中に適当に服と下着を詰め込んでいく。

「望？　何してるの？」

慌ただしい物音や足音を聞きつけて、恐る恐るといったように母が廊下から顔を出す。

「私、今から熊本に行く」

「え？　く、熊本？」

「今から新宿《しんじゅく》のバスターミナルから夜行バスに乗って熊本に行ってくる」

「ちょっと何バカなこと言ってるの！　そんな遠い場所に一人で行く気!?　しかも今からって、そんな急に何考えてるの!?」

母は当然、急に熊本に行くことを許すはずもなく私の腕を摑《つか》み制止する。

「逢いたい人がいるの」

「なんで今からなのよ、熊本に行く元気があるならまずはちゃんと学校に行きなさい！」

「学校に行くよりもやらなきゃいけないことがあるの！」

「だったら尚更《なおさら》お母さんにちゃんと説明して！　誰に会いに行くの⁉　そんな遠い地方に知り合いなんていないでしょ⁉　もしかしてネットで知り合った人とかに会いに行くんじゃないでしょうね！」

「違う！　違うけど、お母さんに一から全部説明している暇はないの！　お願いだから放して！」

「望！　そんなにお母さんを困らせたいの⁉　そんなにお母さんのこと許せない⁉」

「だから違うって！　私は私の意志で決めたの！　私が今すぐに逢いたいから逢いに行くの！」

母と揉《も》めている時間はないのに、母は行かせまいと私の腕を放してはくれない。こうしている内に最終便のバスが迫ってきているのに。

焦って無理やり引き剝《は》がそうとするも、母はさらに強く私の腕を摑み、爪が皮膚に食いこんで痛みが走る。

母から逃げるわけでも許せないわけでもないのに、今の母の目には私が母から離れていくように見えているのだろう。説明したいけど、説明できるほど私もよくこの状況をわかっていない。

どうしよう、どうすればこの手を振り払える？

「早苗ちゃん、強く摑みすぎだよ。望ちゃんが痛がってる」

そんな母を止めたのは、岩田さんだった。

岩田さんがなんでここに？　と当惑するが、その疑問を口にして答えを聞く時間さえ今は惜しかった。

「僕が新宿まで車で送って行くよ」

「え？」

切羽詰まっている私に向かって、岩田さんはなぜか私側に立ってくれる。母ではなく、私の味方をしてくれる。

なんで私の味方をしてくれるのかはわからないけど、今は岩田さんの手を借りてでも最終便のバスに乗りたかった。

「ちょっと聖くん！」

「もう高校生なんだから一人でどこへだって行けるよ。望ちゃんは賢いから心配いらないさ。ほら早く準備しないと」

「高校生でもまだ未成年よ！　何かあってからじゃ遅いのよ！」

「それでも望ちゃんは望ちゃんの意志で逢いたい人に逢いに行くことを決めたんだよ？　それ、誰が止められるの？　その強い意志を奪う権利は母親の早苗ちゃんにだってないよ。大丈夫。望ちゃんはずっとちゃんと正しいことと間違っていることの線引きはできている。僕達よりもずっとちゃんとできているんだ。それは早苗ちゃんもわかっているだろ？」

　不覚にも、泣いてしまいそうだった。

　岩田さんは良《い》い人。そんなことはもう会った瞬間からわかっていた。この人が、母の逃げ場所でよかったと今心底そう思った。

　母は岩田さんの言葉を聞いて、渋々手を放してくれた。

「ごめんね、お母さん。帰ったらちゃんと説明するから」

「何かあったらすぐに連絡しなさい、何もなくても逐一連絡して」

「うん」

「それと、できれば早く帰って来て」

「うん、大丈夫。逢って話したら帰ってくるから」

　今度は私が母の手を強く握ってから、そっと離した。

　勝手なことをして我儘《わがまま》言ってごめんなさい。でも、今逢いに行かないと私は一生後悔するから。

心の中で何度も謝りながら、乱雑に詰め込んでパンパンになったボストンバッグを肩にかけた。

「じゃあ、行こうか」

「よろしくお願いします」

岩田さんに深々と頭を下げ、母に「行ってきます」と挨拶《あいさつ》をしてから車に乗りこもうとドアを開ける。

「望」

母が、また私の名前を呼んで引き留める。でも、今度は無理やり引き留める時の口調ではなく、とても優しく背中を押すような口調だった。

「待ってるから、ここで」

「……うん」

私は確かに頷《うなず》いて、助手席に乗り込んだ。

隣に車を動かしてくれる岩田さんがいるのにもかかわらず、私は静かに涙を流した。

この世界は恐ろしいと思っていた。順応して同調して周りに合わせないとすぐに弾《はじ》かれてしまう。ずっとビクビクしながら生きていた。でも、ここには大事なものがたくさんあることを知った。朔が私の前に現れてから、私は大事なものを肌でちゃんと感じられている。

「ごめんね、望ちゃん」

嗚咽《おえつ》をこぼしながら泣いている私の横で、岩田さんはなぜか謝る。

「僕は、僕達は、望ちゃんをひどく傷つけていた。決して望ちゃんのお父さんを蔑《ないがし》ろにしようとしていたわけじゃないんだ。代わりになろうなんてことも思っていない。望ちゃんが嫌だと言うなら再婚もしないし、別れることも厭《いと》わない。僕は、望ちゃんと早苗ちゃんの意思を一番に尊重する。それだけは約束するよ」

岩田さんは私達に真摯《しんし》に向き合っている。向き合えていないのは私だけだった。

「一つ、訊《き》いてもいいですか？」

「なんでも訊いて」

目の前の信号が赤へと変わり、岩田さんはゆっくりとブレーキを踏む。車が停まったタイミングで、私は恐る恐る尋ねた。

「昔、父が言っていたんです。失恋した母に猛アプローチしてやっと結婚できたって。その失恋した相手って、もしかして岩田さんですか？」

岩田さんが驚いた顔で私を見た。その後、タイミング悪く信号が青になり、気づいていない岩田さんに「青です」と伝えると、慌てて発進させる。

「早苗ちゃんは、僕の初恋だったんだ」

一度頷いてから、ポツリと呟いた。

初恋が実ったのに、どうして岩田さんから別れを告げたのだろうか。私の疑問を読み取ったのか、岩田さんが過去のことをゆっくり話しはじめる。

「僕の親が猛反対したんだ」

「え」

「僕の父は結構名が知れた投資家でね、容赦なく企業を切ったりするような血も涙もない人だったんだ。だから、将来の見込みもない一般家庭の娘と結婚なんてありえないって反対されたんだ。それでも僕は別れたくはなかったけど、早苗ちゃんが精神的に参ってしまって、僕は早苗ちゃんを手放してしまった」

「その後、父が母にアプローチを？」

「うん。幸せにする気がないなら俺が幸せにするって言われた。その時はすごく悔しかったけど、でも彼はちゃんと早苗ちゃんを幸せにしてくれた。僕は散々早苗ちゃんを傷つけたけど、彼だけは真摯に早苗ちゃんに向き合っていた。だから彼にはとても感謝している」

感謝しているだなんて言えるのは、岩田さんがお母さんの幸せを一番に願っていたからだ。

こんなに優しくて温厚でモテそうなのに、未《いま》だ誰とも結婚していないのは、やっぱり母をずっと想っていたからなのだろう。

私は岩田さんの気持ちが知りたくて、顔を捻《ひね》り横顔を見つめる。

「彼が病気でもう永くないって知った時、早苗ちゃんはどうなってしまうのかと心配になった。心配になって、気づけば早苗ちゃんの家まで来ていた。その時、僕はまだ早苗ちゃんのことをちっとも忘れていないのだと気づいてしまったんだ」

「母には逢《あ》えたんですか？」

「ううん、インターホン鳴らしたら痩《や》せ細った彼が家から出てきたんだ。彼の驚いた顔を見てすぐに後悔した。昔傷つけてしまった男が今さら逢いに来て何を言うつもりだったのかと自分が恥ずかしくなった。そんな僕を彼が引き留めてくれた。そして、言われたんだ」

岩田さんの半分の顔が歪《ゆが》み、左目から確かに涙が一筋頬を伝う。

「あとは頼んでもいいか、って。あなたになら早苗も望も任せられるからって」

『早苗、望を頼んだぞ』

そう口にし、静かに息を引き取った父は、こうなることをすべて受け入れた上で、岩田さんに託していたのだ。私は、私が思っているよりもずっと愛されていた。

誰かを愛して、誰かに愛されて、また違う誰かを愛して、そうやって愛の深さを知っていく。

岩田さんにも私の本当の思いを言わなければ。誤解されたままじゃ嫌だ。

「……私、岩田さんとお母さんが別れたらいいのになんて思っていません。ただ、お父さんが可哀想で、受け入れられなかっただけで、二人の仲をまた引き裂いたりはしたくないです」

「ありがとう、もうその言葉だけで十分だよ」

岩田さんは涙で霞《かす》む目を何度も服の袖《そで》で拭《ぬぐ》って、目の前の視界を必死にクリアにしようとしていた。

「一回、停めますか？　大丈夫」

「いや、ううん、大丈夫。結構ギリギリだし急がないと」

高校生の前で大の大人の男が泣いている絵面はかなり情けないと思ったのか、岩田さんは恥ずかしげに笑みをこぼしながら首を振り、ハンドルをしっかりと握り直していた。

そのあと、ぎこちないながらにも私は今から逢いに行く朔のことを少しだけ岩田さんに話した。

岩田さんからは「うん」の相槌《あいづち》しか返ってこなかったが、こうやって自分のことを話して相手が静かに聞いてくれるのは結構嬉《うれ》しかった。

これからもう少しだけ自分の話をしてみようと思えた。

「あの、本当にありがとうございます」

新宿ターミナルに着き、改めてお礼を言うと、岩田さんは「いいから早く行って」と急《せ》かす。私は何度も振り向いて頭を下げながら先を急いだ。

なんとかバスに間に合い、指定された席に腰を下ろしやっと一息つく。

一人で初めて都外に行く。朔に逢うためだけに私は初めての場所に一人で今から向かうのだ。

不安も緊張もないわけがない。でも朔に逢いたい、それだけしか私は思っていなかった。

東京から熊本は本当に遠かった。半日かかる道のりで腰とお尻《しり》が死にかけたがなんとか耐えた。途中、福岡で新幹線に乗り換え、着いた頃には、もう翌日の正午だった。

初めての場所に足を踏み入れ、東京とはまた別世界のように感じて怖くなった。自然と背中が丸まり猫背になる。それでも朔に逢いたい。その一心で、私は足を進めた。

とりあえず、この記事に書いてある川付近の町まで行かないと。

大きいボストンバッグを肩にかけて、駅員さんに尋ねながら、なんとか一人で萩原町の最寄り駅である八代駅に着く。

ここからは本当に何もわからない。何一つ情報はないし、しらみ潰《つぶ》しに捜すしかない。

その時、夜から何も食べていない私の腹の虫が鳴る。

何か口にしないと、このままでは体力が持たない。

私は歩きながら店を探すと、小さな定食屋を見つけてすぐに店内に入る。

「いらっしゃい～、見ない顔だね、どっから来たと？」

年季の入ったエプロンを着けた五十代くらいの女性に、店内に入った瞬間に話しかけられる。

「あっ、東京からです」

「か～、こげん田舎に都会っ娘《こ》がなんばしに来たとね！」

馴染《なじ》みのある訛《なま》りと方言に懐かしくなって、顔が無意識に緩む。

「人に逢いに来たんです」

「人？　彼氏ね？　彼氏かね⁉」

「いや、そうじゃないんですけど……あっ、あの！　その人のこと捜していて、久連松朔っていうんですけど知りませんか？　私と同じ高校生なんです」

案内された席に大きなボストンバッグを置きながら、私は朔の名前を口にする。

「久連松、朔って……」

朔の名前を口にした瞬間、彼女は調理場に立つ店主であろう男性に目配せする。彼女と同じくらいの年齢からして二人は夫婦なのだろう。何か知っているのかと店主を見ると、私に気づき、鋭い目を向けてくる。

「あんたどっかの記者から頼まれたんか？」

「え？」

どっかの記者？

なんか誤解してそうなので慌てて質問をし直そうとまた口を開いた時、店の扉が勢いよく開く。

「おっちゃーん、腹減った！　今日B定食で！」

「俺A定食〜。あっご飯大盛りで！」

「俺もー！」

活気のある明るい声に驚いて振り向くと、夏の日差しにやられて真っ黒に焼けた肌をした中学生くらいの男の子達が三人立て続けに店内に入ってくる。

そして、最後に入ってきた男の子に私は目を奪われる。

「……朔？」

不意打ちすぎて、考えるより先に朔の名前を口に出していた。それに驚いたように彼は伏せていた目を上げ、私の顔を見る。

「……誰、あんた」

朔、と思った。だけど、違った。朔とよく似ているけど、よく見たら朔ではなかった。

「なに？　兄ちゃんの知り合い？」

「……兄ちゃん？」

今確かに彼は私が発した朔の名前に反応し、朔のことを〝兄ちゃん〟と認識していた。

「望《のぞむ》くん」

えっ、望、くん？

女性が口にした望という名前に反応する私と彼。

「この子、東京からわざわざ朔くんに逢いに来たらしいばってん、知り合いかね？」

「え？　東京？」

目の前の朔によく似た彼は私の顔をまじまじと見ながら、ゆっくりと首を振り否定する。

「知らない」

「じゃあ、やっぱあんた記者とかに頼まれて来たんやろ？　どっかの記者の娘かなんかやろ？」

また店主がおかしなことを言っているが、その問いに答えるより先にこの疑問を解消しなければいけない。

私は、ゆっくりと立ち上がり彼の前に立つ。彼は見るからに戸惑っていた。当然だ。会ったこともない私に今前のめりで見られているのだから。でも君と同じくらい、私も戸惑っているんだ、今は許してほしい。

「朔の、弟くん？」

戸惑いをなんとか隠しながら訊《き》いた。

「東京の奴がなんで兄ちゃんの名前知っとるんや、ニュースとか記事とかば見て興味本位で来たとか？」

ああ、朔の声に似ている。嫌だな。嫌だ、本当に。

「聞いとっとや？」

朔によく似た彼は、朔のことを兄ちゃんと呼ぶ。朔も前に弟がいると言っていた。だから今目の前にいる彼はその弟だと確信する。声も顔もよく似ているから間違いないだろう。

そして、彼や店主がさっきから『ニュース』や『記事』という単語を口にしている。それはもう、あの記事もあのニュースも朔のことで間違いないと立証しているようなものだった。

本当に朔は人じゃないの？　だったら朔は何者なの？

「……おい、なんで泣いとるん？」

誰でもいいから否定してほしかった。あの記事は朔の事ではないと、ただの同姓同名の別人だと言ってほしかった。

私は、彼の腕を掴《つか》んだ。触れられることを確認して、でもこの子は朔ではないのだと思い知らされる。

「朔はっ……朔は、どこにいますか？」

私はこの非現実的で、フィクションのような話を受け入れられるのだろうか。

どんな現実が待ち受けていたとしても、私はそれでもこの世界で生きていこうと思えるのだろうか。

崩れ落ちるようにその場にしゃがみこみ、彼に朔を重ね縋《すが》りつくように泣いた。

今、私には泣く時間が必要だと私自身で判断し、だから思う存分遠慮なく泣いてしまった。

＊

東京は広いようで案外狭いことは知っていたけど、熊本の一つの町はもっと狭いことを知る。

偶然立ち寄った場所で偶然にも朔のことを知っている人がいて、偶然にも朔の弟と出くわすなんて、もうここまで来ると導かれたとしか言いようがなかった。

ゆっくりと踏み出す一歩一歩がこんなに重いのは初めてかもしれない。

歩く速度は遅いくせに、左胸にいる心臓は忙《せわ》しなく動いている。胸が痛くなるほど苦しい。

「大丈夫、っすか？」

彼が白い扉のドアノブに手をかけながら、念のためという感じで私に声をかける。

彼が力を加えればこの扉は開いてしまう。その寸前で問われても、私にはここに来てからこれっぽっちも心の準備ができていない。

むしろ、どうして彼はこんなにも落ち着いているのだろうか。

「……大丈夫、大丈夫です」

私はなんとか絞り出すように細い声を発すると、彼はまたドアノブを握り直してから勢いよく扉を開けた。

室内の窓から照らす夕日が廊下にまで差しかかり、オレンジ色の光の線が伸びている。

もうあと一歩踏み出したら、朔に逢《あ》えるかもしれないのに、逢いに来たはずなのに
——逢いたくない。

「やっぱり、やめときますか？」

その場から動けず固まりつづける私に、何しに来たんだよと言いたげな気だるげな声で訊いてくる。

バカみたいにいつも笑っている朔とは違って、彼はとても意地悪な言い方をするひねくれた弟だった。

「逢うよ、そのために来たんだから」

逢いたくて来たんだ。花菜に背中を押され、母の手を振り払い、岩田さんに優しさをもらってここまで来たんだ。朔に逢わずに帰る選択肢は私にはない。

鉛のように重たい右足を踏み出し、足をつける。泥の中にいるみたいで呑み込まれてしまいそうになる。呑み込まれて溺《おぼ》れてしまう前にすかさず左足も出して歩みを進める。ゆっくりと確かに。そうやって私は彼が開けた扉の中に踏み入れた。

その瞬間、水の中にでも放り込まれたように息が苦しくなる。鼻呼吸だけじゃ酸素が足りないと、口と一緒に酸素を求める。身体で大きく息をしながら、なんとかベッドの近くまで歩みを進める。

「……朔？」

ベッドの上で眠っているのは、間違いなく朔だった。

だけど、朔ではなかった。だから問いかけるように朔の名前を呼んだのだと思う。

だって、私の隣に座っていつも豪快に口を開けて笑っていた朔はここにはいなかったから。眠っている朔は息苦しそうに人工呼吸器をつけられていた。

「前までは、自発呼吸できてたけど、昨日から少しずつ呼吸が浅くなってる」

顔色一つ変えずに隣に立っている弟は、困惑している私をよそに淡々と朔の容態と事実を口にする。

「じ、自発呼吸しなくなったら、どうなるの？」

朔の顔から目を逸《そ》らさずに、震える声で恐る恐る訊く。私と打って変わり、弟はやはり間を空けずに口を開いた。

「脳死状態に入る」

それを聞いて、なるほど……なんて思える人間はいない。

さっきからずっと現実味のない言葉が飛んでいて、今までに見たことない朔の眠っている顔も相まって、私は精神が崩壊する寸前だった。

逢いたかった。ただそれだけを強く願ってここまで来たのに、逢えた今ではもう話すことすらもできないのだ。伝えたいことが山ほどあったのに、これじゃ何も伝えられない。

どんな真実が待ち受けようとも受け入れなければ、と自分を奮い立たせてここまで来た。大丈夫。私は父の死も経験しているのだから。受けいれられる。乗り越えられる。

だけど、いざ真実を目の前にすると、何一つ受け入れることができなかったのだ。

死に対して、慣れるなんてありえない。

誰でもわかることなのに、今の私なら、なんてバカげたことを考えていた。それくらい私は突然の死への直面になんの心構えもしていなかった。

「あれ、朔のお友達?」

勝手に絶望している最中《さなか》、この痛いくらいに鋭い空気を吹き飛ばすほどの明るい声が背後から飛んでくる。

「母さん」

弟の呟《つぶや》きに振り返る。

そこには、朔のお母さんであろう女性が、私に向き合うように立っていた。寝不足なのか目のクマがひどいが、柔和に笑う口は朔が笑う時の口と同じだった。

女性は私の持ってきた大荷物すぎるボストンバッグと、私の真っ赤に染まった目を見て、「朔のお友達?」と尋ねてくる。

私達は友達だったんだろうか。

私と朔の関係性は説明できないほど曖昧《あいまい》で難しいものだった。

答えられずにいると、気を利かせて病室の端から椅子を持ってきてくれる。

「どっから来たと? そんな荷物まで持って」

「……東京から来ました」

「……東京。そう、昔から仲良くしてくれていたのね」

……昔から？

「あ、いや、私は」

「友達じゃないかもな」

私を昔からの友達だと勘違いをしているようで、慌てて否定しようとするが、弟の言葉で遮られてしまう。

「どっかの記者の娘かも。小学生助けた英雄はその後どがんなったんか知りたくてここに来たんじゃねえの？」

何度否定しても、弟の疑いの目は消えない。

小学生を助けた英雄、と朔は色んなところで言われているようだ。いよいよあの記事が朔のことだって信じないと話が進まなくなってくる。

「望、やめんね。ごめんね、この子思春期真っ只中《ただなか》なのよ」

「……いえ」

「疲れたでしょ？　何か飲む？」

そう言うと、女性は袋の中を漁《あさ》りだして味が違う飲み物を次から次へとテーブルに載せていく。五本のペットボトルから好きなのを選んでと言われているようだった。

お腹は空《す》いている。喉《のど》も渇いている。あの定食屋に立ち寄ったけど結局泣いてばかりで何も口にしていない。

「あの」

だけど、飲み物を選ぶよりも先に、私は聞かないといけない。

「本当に、あのニュースも、あの記事も、朔なんでしょうか」

「え？」

「私、つい最近東京で朔に逢っていたんです。毎晩、朔と話してたのに……じゃあ、あの朔は誰だったんですか」

——「彼の本体はここではないから」

じゃあ、ここにいる朔が本当の朔だというの？

「私が逢っていた朔は、私の幻覚ですか」

こんなこと聞いても困らせてしまうだけだとわかっている。私さえも混乱しているのに、朔の家族がわかるわけない。

私はペットボトルよりも先に、朔に触れようと手を伸ばす。

私に逢っていた朔が本当の朔で、ここにいる朔が偽物であってほしかった。だから手を伸ばした。

いつだって伸ばしても届かない距離を保っていた朔だけど、眠って動けない朔は今この手を拒むことはできない。

震える手で、私は朔の頬に触れた。触れられた。触れさせないでほしかった。

「……温かい」

一度だけ触れたあの時の体温よりは少し冷たかったが、仄《ほの》かに温もりを感じた。安心できるあの時の温もりだ。

ずっと触れたかったはずなのに、こんな朔に触れたくはなかった。それでも、嬉《うれ》しかった。朔にまた触れられて。その矛盾がなんとも不本意だった。

「あなたの名前、聞いてもいいかしら」

そう問われ、私は朔から離れる。消えそうな温もりの余韻が指先に残ったまま、私は朔の母親である女性に身体を向け直す。

「谷澤望です、朔と同じ高校二年生です」

「望？　希望の望？」

「はい。弟さんと一緒の望だと思います」

弟は、目を見張り驚いていたが、彼女は小刻みに頷《うなず》いていた。その相反した反応に違和感を覚えた。

「変ね……」

彼女は、小さく呟く。

確かに、変な話だ。ずっとここで眠っていたはずの朔と、東京で毎晩逢《あ》っていたと告げているのだから。

「望ちゃん、今から行く宛《あて》はあるの？　よかったらウチに来ない？」

私が無理やり詰め込んだボストンバッグを見て、なんの計画も立てずにここへ来たのだと悟られていた。

「望ちゃんが、朔の幽霊を見たのか幻覚を見たのかは私には分からないけど、朔が眠っている間に逢っていたならお友達なんでしょ？　お友達は放っておけないわ」

現実味がない話なのに、あからさまに否定せずに友達だと言ってくれたことが嬉しかった。私のことを肯定してくれた朔を思い出し、やっぱり母親なんだなと改めて感じる。

私も朔のことが知りたい。朔がどこで生きて、どういう人達に囲まれて、あの水難事故はどうして起こったのか、知りたいことは山ほどあった。だから、私はその優しい提案に頷いて頭を下げた。

「ありがとうございます、よろしくお願いします」

窓から見えるオレンジ色の光が消えかかっていた。

もうすぐ夜が来る。朔が来ない夜が来る。

だけど、私は今日本当の朔と出逢った。

「こっちよ」

朔のお母さんが運転する車に乗って着いた家は、いたって普通のどこにでもある家屋だった。赤い屋根が印象的で、家を囲む塀から緑の葉が繁くついた木が顔を出していた。

玄関の扉を朔の弟が躊躇《ちゅうちょ》なく開けて、さっさと家の中に入って行く。

「本当に感じ悪いんだから、ごめんね。ほら入って入って」

そう促され、お邪魔しますと挨拶《あいさつ》をし、家の中に足を踏み入れる。

朔は、弟の望くんと、母親の由紀子《ゆきこ》さんと、父親の敦《あつし》さん、祖母の陽子《ようこ》さんの五人で暮らしていた。敦さんは五日前まではずっと家にいたそうだが、仕事の都合で急遽《きゅうきょ》海外へと飛んだ。海外出張が多い貿易会社に勤めているそうだ。

敦さんは出張に行くことを渋っていたが、日本を発《た》つ日は朔の容態も変わらずだったため由紀子さんが送り出したそう。だが、今朝朔の呼吸が薄れていっていることが分かり、今引き継ぎを急いで戻る支度をしている。

朔の祖母である陽子さんは、今年で七十歳だと自慢げに教えてくれ、私が朔の友達だと知るや否や、冷蔵庫から作り置きの漬物やら果物やらをテーブルいっぱいに並べてくれた。今から晩御飯だからと由紀子さんに怒られ、果物だけ渋々冷蔵庫にしまった。

並べられた果物の中に切ってあるスイカを見つけた。私はテーブルの上にずらりと置かれた漬物の中から、朔が好きだと言ったスイカの漬物を探す。

「なんば探しよっとか?」

目線を左右に散らばらせる私に気づき、陽子さんが不思議そうな顔で私を見る。

「……スイカの漬物、朔が好きだと言っていたので」

私の言葉で、晩御飯の準備をする由紀子さんの手が止まった。ソファーにふんぞり返っていた望くんもスマホから私へと視線を移す。一瞬、時が止まったように感じた。

その時間を動かしたのは、ずっとニコニコ笑っている陽子さんだった。

「朔ちゃん何年も漬けた漬物よっか、数時間漬けたスイカの漬物ば好きって言うとたい。ほんと変わりもんばい」

「兄ちゃんのせいで、別にみんなスイカ好きじゃねえのに毎年死ぬほど食わせられる。漬物のためだけにな」

「よかたい、よかよか。夏だけだけん」

「夏だけだけんって言うけど死ぬほど買ってくるじゃん。祖母《ばあ》ちゃんがスイカ買ってこんどけば済む話やのに、毎年食わせられる俺の身にもなってよ」

「あんたが偏食すぎとったたい、もっとバリバリ食わんね」

「食っとるわ！」

「あーもう、せからしかね！　望ちょっとこの野菜切るの手伝って！」

「祖母ちゃんに頼めし」

「若いもんがやらんね！」

「うわっ、老人扱いしたら怒るくせに、こういう時だけご老体ぶるよな」

朔のせいで聞き慣れていたと思っていた訛《なま》りや方言が、日常会話としてテンポよく飛び交うと、もうここは外国か？　と疑ってしまう。

「あの、私手伝います」

「よかよか、お客さんは座っときな」

よかよか？　大丈夫って意味かな？

「あっ、でも私人並みに料理はできるんで」

「そう？　じゃあ手伝ってもらおうかな。望！　あんたはテーブルの上片づけときなさい！」

由紀子さんに怒り口調で指示され、望くんは小言を言いながらテーブルの上に置かれたものを綺麗《きれい》に元の位置に戻していく。

私は手を洗い由紀子さんの隣に立つと、まな板に置かれた野菜を切っていく。

「あら、本当に手馴《てな》れとっとね」

「家事は私の役目だったので」

「すぐにでも結婚できるわね」

　結婚とか、先のことなんて今は皆目見当もつかないし、予想もこうなりたいという願望もない。

　ニコリと微笑まれ、私は包丁を握り直した。

　私は朔に初めての恋をした。初めて異性を好きになった。なのに、朔は私の未来にはいてくれない。朔が逢いに来なくなった日から、私の世界は反転したままなのに、逢ってからも元には戻らない。

　私と由紀子さんで作った料理が一時間程度でテーブルいっぱいに並べられた。

「望ちゃんが手際いいけんこんなにいっぱい作っちゃった〜」

「え、大食いの兄ちゃんはいいねえのに誰が食べるんだよ」

「残ったら明日《あした》食べたらいいでしょ、うるさいわねあんたは」

　望くんはまだブツブツ言いながら席に座り、由紀子さんも陽子さんも自分の定位置があるのか迷いなく席に座った。最後に残された席は二席。望くんの隣の席が朔の席だろう。朔の席に座るのは憚《はばか》られた。

「座んなっせ」

だが、陽子さんは椅子を引いて快く許可してくれる。その優しさに甘え、私は望くんの隣の席に腰を下ろした。

私が座ると同時に「いただきます」と手を合わせ、各々が好きなおかずから箸《はし》を伸ばしはじめる。私も遅れて手を合わせると、由紀子さんが味付けしたおかずに手をつける。

朔の家は味付けが割と濃いめだった。味噌汁《みそしる》は白味噌で、わが家では赤味噌のため私には馴染みがなかったけど白味噌も美味《おい》しかった。

この日初めて私は食べ物を口にした。朔はずっとこんな美味しくて温かい料理を食べていたことになんだかホッとした。

同じ料理を口にできて嬉《うれ》しい気持ちと、もうこの料理を食べられない惨《むご》い事実が入り交じり、思わず泣きそうだった。

満腹だとみんなが箸を止めた頃に、残ったおかずは明日に回すことになった。

小皿へと移し替えラップで蓋《ふた》をする。岩田さんと逢《あ》っているせいで帰りが遅い母に作ったおかずを、わざわざラップして冷蔵庫にしまっていたあの時と同じ虚無感に襲われた。

ご飯の時以外は流しっぱなしのテレビの音量が耳障りに感じ、テレビを点《つ》けた本人の望くんを横目で確認すると、彼は点けたにもかかわらずテレビに見向きもせずスマホを触っていた。

由紀子さんは黙々と皿を洗い、陽子さんは気づいたらリビングからいなくなっていた。

至って普通だった。普通だけど私には、普通にしようとしていることがわかった。

「望ちゃん」

望と呼ばれ、望くんも私と一緒に顔を上げる。

「ご両親にはここにいること連絡してる？」

「さっき連絡しました」

「心配していたでしょ？　言ってくれたら私からも説明するからね。家《うち》には何日でもいてくれて構わないから」

赤の他人である私を無償で泊めてくれるほど、この家族は良く言えば寛大で、悪く言えばお人好しだった。

「何日もいられたら俺が困る」

だから、望くんの常識的で正直な言葉に腹を立てたりはしなかった。この反応は普通なことで、最初からずっと私を受け入れている由紀子さんが少し変わっているように思われた。

今日の私の寝床は、唯一空いている朔の部屋だった。

朔に許可も取らずに部屋に入るのは申し訳なかったが、興味もあったのでお言葉に甘えさせてもらった。

泊まる家も、ご飯も、寝床もトントン拍子にあれやこれやと用意され、ずっと私は戸惑いっぱなしでお礼すらもろくに言えず、気づけばあと二時間で日付が変わろうとしていた。

朔の部屋は、少年漫画やサッカー雑誌が本棚に雑然としまわれていた。好きなサッカー選手なのかテレビで見たことのある選手のポスターが壁に貼られている。サッカーが大好きな少年の部屋って感じで、なんとも朔らしい部屋だった。

朔の部屋は私の部屋と同じくらいの大きさの窓があり、そこからははっきりと町の外観が見える。ビルやマンションに隔てられて小さな部屋の小さな窓さえも外の景色を狭めてしまう東京とは違い、この町は建物自体も少ないせいか窓枠いっぱいに景色が広がる。

灯《とも》る明かりも少ない上に、街灯も少ないおかげで星も映えている。

それなのに、月は新たに生まれ変わるために欠けようとしている。現実を受け入れられない私達を置いて。

「朔」

――朔は、まだ消えないで。

月を眺めながら願った。

寝つけないので、朔が育った町を歩こうと思いたつ。由紀子さん達を起こさないよう、細心の注意を払い家を出た。

月を見上げながらとぼとぼ歩いていると、やっぱり朔にどうしようもなく逢いたくなる。込み上げてくる想いが溢《あふ》れてきて、気づけば私は叫びながら走りだしていた。

「あああー！」

夜中に叫ぶなんて非常識で近所迷惑にもほどがある。そんなことは一ミリも考えず私は懸命に走りながら懸命に叫んで懸命に泣いた。

一生懸命に生きるとはなんだろう、そう思っていた私はやっと一生懸命という言葉を知った気がした。

息が上がりこれ以上は走れない、と限界に達し足を止める。そして、やっとここはどこだと周りを見渡した。

無我夢中で知らない土地を走ってきたせいで、どんな建物や店を通り過ぎて来たかなんて見ていなかった。

その時、微《かす》かに水が流れる音が聞こえ、水を求める飢えた動物のように音だけを頼りに歩く。そして、ゆっくりと足を止める。

私の目の前には【球磨川】という見覚えのある川の名前を表記した看板が立ってい

た。その先で大きな川が流れている。

【熊本県八代市萩原町の球磨川で男子生徒が流される水難事故】という見出しで書かれていた記事を思い出し、ここはその事故現場なのだと理解する。

水難事故があったせいか立ち入り禁止と書かれた看板がいくつも河川敷に立てられていた。そんな警告を無視して、私はその川に近づく。

朔はこの川で溺《おぼ》れた。小学生の男の子を助けて力尽きて溺れてしまった。

今思えば、私が川に入った時、朔は夏でも夜の川の水は冷たいと言っていた。まるで入ったことのあるような口ぶりだった。実際に飛び込んだ朔は心底冷たいと感じたのだろう。だから私の手を摑《つか》んで泣きそうな顔で止めたのだろう。

あの時、消えてなくなりたいと思って川に入った私を、朔はどんな気持ちで止めたのだろうか。川で小学生を助けて溺れて今も眠っている朔がいる世界で、私はなんてことをしたんだろう。戒めのように、強く唇を嚙《か》む。

消えてしまう命を目の前にして、私は自分のやった過ちがどれだけ朔を傷つけていたのか思い知らされる。消えてなくなりそうな朔の前で、消えてなくなりたいだなんてこぼす自分は、その言葉の重さを何一つ理解してはいなかった。

逢いたい人に逢える時間は一生なんかじゃない。好きなことができる時間が一生続くわけじゃない。

今思い返せば、朔の言葉はすべてに意味があって、すべてにおいて的を射ているからこそ重みがあった。

朔がかけてくれた言葉のおかげで私は言いたいことを言えた。朔がくれた限りある時間のおかげで消えてなくなりたいと思っても頑張って生きられた。朔のおかげで私はどこへでも踏み出す勇気が持てた。

朔は、私に大切なことを教えてくれた。

もう消えてなくなりたいなんて思わない。

思わないけど、だけど、朔のいない未来は考えたくない。できるなら朔と一緒に生きたい。

「逢いたい、逢いたいよ、朔」

朔と話がしたい。また朔の笑顔が見たい。笑う声が聞きたい。

私は随分と欠けてしまった月を見上げ、ただ朔に逢いたいと願った。ただそれだけを願った。

「もう、戻らないと」

月から目を逸《そ》らし、また川の方に目を向ける。月が水面《みなも》に浮かび揺れていた。その付近でまた水面が大きく揺らいだ。

誰かが川を歩いているように、ポチャンという音がたった、気がした。

「……え」

自然と口から息とともに声が洩《も》れた。

人は信じられないものを目にした時、今までなんの迷いもなく発していた言葉を一瞬すべて忘れるのだと知る。

「……さ、く」

たった二文字の名前を、溜《た》めに溜めてゆっくりと放った。

川の真ん中で、確かに私の線上に朔が立っていたのだ。

朔の瞳《ひとみ》は私だけを捉《とら》えていて、私も朔しか目に映りこまなかった。

これは夢なのだろうか。それとも幻覚？　いよいよ朔の幻覚まで見はじめたのか。

いや、毎晩見てきた朔も幻覚だったのかもしれない。

そんなことばかりが脳内で行ったり来たりしている私を見つめながら、朔はゆっくりと口を開ける。

「望」

朔の声だ。

そう思った瞬間、私は川に向かって歩きだし躊躇《ちゅうちょ》なく川に入ろうとする。

「来んな」

一喝する強い拒否に、私の足が止まる。

「こっちに来んな。望の家の近くの川と違って、この川は意外と流れ速いけん」

その言葉を聞いて、毎晩のあの時間はやっぱり幻覚ではなかったのだと安堵《あんど》の息を小さくこぼす。

「じゃあ朔がこっちに来てよ、こっちに来て一緒に帰ろう？」

「それは無理」

「どうして！」

「俺は川から動けんから」

川からは動けない？

「もう気づいとるやろ？　俺が人じゃないって」

——やめて。

「今の俺は、俺の魂みたいなもんで、幽霊とほぼ一緒だけん」

やめて、それ以上は言わないで。朔の口から聞いたら全部真実になってしまうから。

私は朔から逃げるように両手で耳を塞《ふさ》ぎ、目を強く瞑《つぶ》る。

「望、聞け」

聞きたくない時は耳を塞げ。見たくないものには目を瞑れ。そう言ってくれた朔は私に逃げるなと強要してくる。それでも私は朔から逃げる。

逃げてもいいと言ってくれた朔に、肯定ばかりして私を甘やかすなと怒ったあの時の自分の発言は、どうやら今の私の記憶からは消えているようだった。

「やだ」

「頼むけん聞いてくれ」

「やだ！」

「もう俺には時間がないんだよ！」

朔の荒い声に反応して身を縮めた。

私は強く瞑った目を恐る恐る開き、手を下ろして両耳を解放してから朔を見る。

「望、俺にはもう時間がない。もうすぐ俺は死ぬ」

「病院で眠っている俺の姿を見たから説明は要らないだろ」と小さくこぼし、話を続ける。

「最期に、俺の願いを望に託したい」

最期なんて言わないで。

「俺のこの命と、俺の家族を、望に託したい」

こういう時に、私と朔は相性が悪いと感じてしまう。

感情がすべて表情に出てしまう正直者の朔と、表情と纏《まと》う空気と視線だけですぐに何が言いたいか読み取れてしまう私では、本当に相性が悪すぎるのだ。

だって、朔の言いたいことがすべてわかってしまうから。だから私は首を強く左右に振る。

「無理、嫌だ」

「望、頼む」

「どうしてっ、私に頼むの？」

この問いに好きだからって答えてくれるなら、私はその朔の願いを引き受けるかもしれない、そう思った。そう思ったのに、

「俺が見えるのは、今ここにいる望だけだから」

ずるい。そんな理由、好きの告白よりもずっと断れない。

朔が照れ屋だということもわかっていたし、好きだなんて最期に残す人でもないこともわかっている。

「俺の部屋の、月の雑誌に挟んどるけんそれ開いてみて」

「待って、朔」

「ごめんな、望」

「待って、待って朔！」

まだ消えないで、私はまだ朔にたくさん話したいことがあるの。だからまだ行かないで。

私が朔に手を伸ばした時、

「おい！　そこで何やっとるんか！　そこは立ち入り禁止やぞ！」

背後から飛んできた大きな声に驚いて思わず振り返ってしまう。

あっ、と気づいてまた川に視線を移すと——朔はもう消えていた。

何事もなかったかのように、また水面に浮かぶ欠けすぎた月が、ゆりかごのようにゆらゆらと揺れていた。

第七章　日進月歩

歩いたこともない道を無我夢中で走ったせいで帰り道がわからなくなった私は、川に近づくなと注意してきたお爺《じい》さんに道を教えてもらい、なんとか朔の家に戻って来る。

お爺さん、帰り道がわからなくなったって言ったら驚いていたなあ。それに、注意している時気持ちが高ぶっていたのか、ほぼ熊本の方言だけで喋《しゃべ》ってきてまったく聞き取れなかった。

私は、朔の家族を起こさないように静かに玄関扉を閉めて、足音を立てずに朔の部屋へと戻る。電気をつけて朔が言っていた月の雑誌を探す。

綺麗《きれい》に並べられていないせいで、見つけるのに手こずってしまう。

「あった」

雑誌が乱雑に置かれているところを重点的に探し、サッカーと車の雑誌に挟まれて息苦しそうにしている【月と惑星】という雑誌を見つける。

そういえば朔はよく月を見ていたけど、雑誌を買うほど好きだったのかな。

また一つ聞きたいことが増えたことに、私はため息を吐いた。

言いたいことも聞きたいことも何一つ消化されないまま、朔は消えてしまった。

恐らく、もう朔は——。

雑誌を持ったまま、悶々《もんもん》と考えている私のマイナス思考を制止させるように、間に挟まれた何かが滑って床に落ちる。慌てて拾いあげようと伸ばした手が止まる。

「栞代《しおり》わりにするバカどこにいるのよ」

朔が言っていたものはこれだとすぐにわかった。

必ず持ち歩く財布に、簡単にしまえるほどの大きさのそれは朔の意思そのものだった。

本当に酷《ひど》い男だ。キスの意味も、私に託す本当の理由も何一つ教えてくれなかったくせに、最後まで自分に正直野郎で困ってしまう。

朔は、私のことを変えてくれた。消えてなくなりたい、毎日そう思っていた私を救ってくれたお人好しだったけど、それだけではまだ物足りなかったようだった。

——「でも、俺はこんな風にしか生きられんから」

そう言っていた朔は、自分が消えてしまうことを知っていてもやっぱりその生き方を曲げたりはしなかった。

朔は強くて、そのまっすぐさが恐ろしい。だけど、それが朔だった。だから、好きになった。

これは朔の意思で、願いで、最後の生きた証《あかし》になる。だから、私はこれを拾いあげないといけない。朔の気持ちを尊重するのなら、私はこの託された想いを渡さなければいけない。

ポタ。また重力に逆らえず涙が床に落ちた。

どんな感情にも染まらない私だけの涙は、緑のカードの上に落ち、呆気《あっけ》なく緑色に染まった。

【臓器提供意思表示カード】

そう書かれた緑色のカードを私は冷たくなった指先で確かに拾いあげた。

ふと時計を確認すると、零時を回りちょうど日付が変わった頃だった。

朔と出逢《であ》って二十七日目に入る。

朔は永くないと言っていた。あと、朔の身体はどれくらい持つのだろうか。

考えたくもなかった。なのに、朔は考えろと私に言ってくる。そして、それまでにこのカードを家族に渡して欲しいと私に託してくる。

汚い字だけど丁寧に書こうと一画一画真剣に文字を刻んだ形跡のある〝久連松朔〟という名前をなぞる。

私はその小さなカードを身体全体で優しく包み込み、声を押し殺して泣いた。


「おはようございます」

夜が明け、朝になる。また夏の暑さをじかに感じる昼間がはじまる。

私は朔の部屋から出ると、朝ごはんの準備をしている陽子さんと、弁当を作っている由紀子さんに向けて挨拶《あいさつ》をする。

私の声に二人は顔を上げると、笑って返してくれる。その笑顔がすごく似ていた。

「望ちゃんごめん、あの子起こして来てくれる？」

あの子とは、弟の望くんのことだろう。

「わかりました」

私はすぐに望くんを起こしに部屋へと向かう。望くんの部屋は朔の部屋の隣だ。

トントン。二回扉をノックするが、眠りこけているのか返事はない。

「望くん、もう時間だよ」

呼びかけてもやはり返事はない。

仕方ない。これはやむを得ないのだ。そう自分に言い聞かせて望くんの部屋の扉を躊躇《ちゅうちょ》しながら開けた。

望くんの部屋は、物が適当に散らばっている朔の部屋と違い、きちんと綺麗に整理整頓《せいとん》されていた。壁にポスターなんて貼られていないし、本棚には本がジャンル分けして順番通りに並べられている。床に転がっている物は一つもなく、なんというか必要最低限のものしかこの部屋にはないのだと思わせられる。

私は、ベッドの上で山を作っている望くんに近寄り、肩を優しく叩《たた》く。だが、そんな力じゃ朝が弱い人にとっては蚊に刺された程度なのだと思う。

かなり面倒くさくなった私は、今度は自分が出せる力の八割で肩を叩いた。

「起きて！　時間だよ！」

大きい声と一緒に肩を叩くと、望くんはやっと切れ長の目を細く開き、私を見て思いっきり舌打ちをこぼす。

「はあ」

思春期真っ只中《ただなか》のこの中学生男子は、私を見るなりため息を吐き起き上がる。大して邪魔になってないのに私を押し退《の》け「邪魔」と言って、さっさと部屋から出て行こうとする。だが、言い忘れたことがあったのか足を止め、まだ完全に開ききってない目で私を見る。

「勝手に部屋入んな」

そう吐き捨てて、私を置いて部屋の扉が強く閉められる。

「クソガキめ」

苛立《いらだ》ちをぶつけるかのように、近くにあった枕を一発殴ってから扉へと向かう。

だけど、小さな本棚の一冊の本の存在が私の身体をその場所にとどまらせる。雨粒が徐々に小さくなり、雨音が消えて、静かに雨が上がるみたいに足が止まる。

また一つ、朔がふいにこぼした言葉がそういう事だったのか、と消化される。消化される度に河川敷に来ていた朔が私の中から消え、ここで暮らしていた朔がちゃんとした形になって現れる。それが寂しいような嬉《うれ》しいような、そんな矛盾がまた生まれてしまう。

私は一冊の本から視線を移し、望くんの部屋を見渡す。

初めて望くんに定食屋で会った時、練習着なのか望くんは朔と似たような格好をしていた。望くんも多分サッカー部に入っている。だけど、この部屋は朔のサッカー少年のような部屋とは違い、部活は何してるの？　と聞かないとわからないほど何にも染まっていなかった。好きなものを本気で好きになるのが怖くて、誰かに否定されてしまうのが嫌で、全力でなんでもやれる朔を羨《うらや》ましいと妬《ねた》んでしまう。望くんは私と少し似ている気がした。

朔の家族は基本的にみんなでご飯を食べる様だった。昨日の晩御飯と同様に陽子さんが漬けた漬物が食卓に並んでいる。

「ごちそうさま」

あまり嚙《か》まずにすぐに朝ごはんを平らげた望くんは早々にその場から離れる。

今日は休日だが、望くんは部活動のため学校へ行ってしまった。

「あん子は朔ちゃんに逢《あ》わんでよかとかね？」

「……望には望のペースがあるから」

台所で行われている陽子さんと由紀子さんの会話が、食事を終えてテーブルを拭《ふ》いている私の耳にも届く。他人が安易に踏み込んではいけない感情の領域だと思った。

たったそれだけの会話で、望くんが朔にあまり逢いに行っていないことがわかる。

朔の目の前で「脳死状態」と、淡々と口にする望くんの声と表情が脳内再生された。望くんは朔と違い、感情がすぐに表情に直結するわかりやすい人ではない。

二人は兄弟だけど正反対だった。

だけど、なんでだろう。私には望くんの気持ちが手に取るようにわかってしまうのだ。見て察したりするのではなく、心が読めるような感じだった。

多分それは、何一つ大事なものを見つけられず自分の本心を見失っていた私と、何にも染まれない望くんがどこか似ているからだ。

「望ちゃん」

望くんが弁当を持って家を出た後、由紀子さんが私に声をかける。

「今から朔のところに行くけど、望ちゃんも行くでしょ？」

その問いに、私は迷いなく頷《うなず》いた。ズボンのポケットで待機している臓器提供カードを布越しに握りしめながら。

由紀子さんは朔が水難事故に遭ってから仕事は暫《しばら》く休んでいる。だけど、望くんは学校を休まず通いつづけていた。普通を装っているのだ。


「朔が助けた小学生の男の子は命に別状はなかったの。それが私達にとっては救いだった」

運転席でハンドルを握っている由紀子さんが、辛《つら》いはずなのに水難事故のことを詳しく教えてくれる。

朔は、小学生の男の子を助けた後、男の子が拾おうとしていたサッカーボールを取りにまた川へと戻った。梅雨の時季に入り毎日雨が降っていたことで水かさが増し、流れも速かったせいで、朔はサッカーボールを掴《つか》んだ直後に力尽き溺《おぼ》れてしまう。住民が早い段階で通報していたおかげですぐに駆けつけた消防隊員に朔は助けられるが、水に邪魔され十分な酸素が行き届かなくなったことで、血液中の酸素濃度が低下し、脳に大きくダメージを受けた。

事故後は昏睡《こんすい》状態だったが自発呼吸もして心臓も動いていた。だが、回復の見込みはないと医師に言われてしまう。微《かす》かな期待を懸けるがその願いは叶《かな》うことなく、もう自発呼吸すら浅く、じきに呼吸は止まり、心臓も長くは持たないだろうと言われたそうだ。

ただ、自発呼吸ができなくとも呼吸器で酸素を回すことはできる。そうすることで、心臓も長い期間持たせることができた事例もあるようだ。

だが、医師は微《かす》かな希望を持たせることはしない。このままでいくと朔は脳死状態に入る。そうなると、もう目を覚ます見込みも回復の見込みもない、医師はそうはっきりと朔の家族に断言していた。

朔の言っていたとおり、もう朔の心臓は永くない。

「今の朔は、小学生を助けた英雄なんて言われとる。親としては素直に嬉しかけど、やっぱり生きとってほしかった。英雄なんて大層なものにならんくてよかけん、ただ生きとってほしかった」

私もそう思う。でも、溺れている子供を見捨てる朔も見たくはないと思ってしまう。

その矛盾が私の感情をかき乱して、苦しくて外の景色へとすぐに逃げる。

「朔ちゃん昔から猪突猛進なとこあったけんな。溺れとる子供見捨てられんかったんやろな。正義感も人一倍で、誇らしか孫たい」

そう洩《も》らす陽子さんは、静かに頰を拭《ぬぐ》いながらそれでも朔のことを褒めた。親より先に死ぬ朔は親不孝な息子だけど、親孝行の息子でもあった。

病院に着くと、触れることができる本当の朔に二度目の対面をする。

由紀子さんと陽子さんは、朔について今後の話をしたいと医師から言われ病室を出て行ってしまった。

今ここには私と朔しかいないのに、朔には触れずにずっと寝顔を見ていた。

「ねぇ、朔」

声をかけたら目を開けてくれそうで、私は河川敷で朔を呼んでいた時のように何気なく話しかける。

「朔はなんで、ここからあんな遠くまで私に逢いに来たの？」

「…………」

「車で片道半日以上かかるよ？　歩いて来たとかではないよね？　新幹線に乗ってきた？」

「…………」

「あー、もしかして幽霊だから高速移動とかできるの？　自由に飛べるの？」

「…………」

「……答えてくれないか」

そんなわけねぇだろ、とか突っ込んでくれたらそれだけで泣いて喜ぶのに。

「私のこと笑わせられるって言ったくせに、ここに来て泣いてばっかだよ」

私に逢いたいって言ったくせに、一生つづくわけじゃないなら逢いに来たりしないでよ。朔に逢うためだけに、ここまで来た私がバカみたいじゃん。

「うそつき」

ほんとに、うそつき。

私は手を伸ばし、朔の頬に触れ、思いっきりつねった。それにバカみたいに反応してくれる朔はもういなかった。

一時間ほど経った頃に、由紀子さんと陽子さんが病室に戻って来る。

「朔とゆっくり話せた？」

その問いに、由紀子さん達が私のために朔と長い時間二人きりにさせてくれていたのだと気づく。

本当に朔の家族はどこまでも優しい。朔との大切な時間を私にも共有してくれる。

由紀子さんは袋からペットボトルを一本取り出し、「喉渇《のどかわ》いたでしょ？」と渡してくれる。陽子さんは「お腹も減っとるやろ」とおにぎりを両手で私の手のひらに載せる。

朔が消えそうなのに、ずっと私に優しくしてくれる。温かい。温かすぎて、申し訳なくなった。

私は彼女達に何も返せない。朔を生き返らせることもできないし、朔に逢わせることもできない。だけど、私は朔が眠りつづけた二十七日間を知っている。私だけが知っている。

なんのお返しにもならないけど、ほんの少しでも返せるものがあるとしたら朔の二十七日間を話すことしかない。そう思った。

「私は、東京で朔に救われました」

ペットボトルとおにぎりを手にした状態で、私は由紀子さんと陽子さんに向けて、朔と出逢《であ》った話を始める。

「毎日、消えてなくなりたいって思っていました。すごく生きることに疲れていて、この先これが一生つづくのかなって考えたら怖くて、気づけば川に入ろうとしていました。それを止めてくれたのが朔でした」

私は、大事だった朔との時間を拙い言葉で紡いでいく。

「朔は、私に沢山の言葉をくれました。好きな物を食べて、好きな人に逢って、好きなことをする、それ全部が当たり前なんかじゃないって教えてくれたのは朔でした。朔は私に、大事な時間と逃げ場所と本当の私になれる場所をくれました」

目に涙を溜《た》めながら、朔との思い出を振り返る。朔との幸せな時間を話す時くらい泣きたくはなかったから必死に堪えた。

「だから、私は朔の想いを大事にしたいと思うんです」

「……朔の想い？」

私は手に持っていたペットボトルとおにぎりをテーブルの上に置いて、由紀子さんの側に歩み寄る。そして、ポケットから朔の強い意志と最期の願いを取り出し由紀子さんに渡す。

それを見た瞬間、由紀子さんの瞳《ひとみ》が動揺で大きく揺れた。

「朔が、同意してほしいって」

震える声で、私はそう放った。

【臓器提供意思表示カード】。それは十五歳以上でこのカードに臓器提供をすると丸をつけていても、親がそれに同意しなければ臓器提供はできないと定められていた。たとえ朔が強く願っていたとしても、由紀子さんが拒否すると臓器提供はできない。

由紀子さんは震える指先でカードを手にすると、裏返し朔が自ら書いた名前を見て静かに目を閉じる。臓器提供を受け入れられないというように、そのカードから目を背けた。

「朔が言っていました。自分は全力でしか生きられないから、そういう風にしか生きられないからって。朔は全力で最期まで久連松朔として生きたいんだと思います」

赤の他人が何を言っているのかと言われるかもしれない。こんなこと私の口から聞きたくないだろう。それでも、私は伝えたい。自分の言葉で。

「私が、朔を語るのはお門違いだと思っています。でも、ごめんなさい。私は、朔の意志を尊重したいです」

朔に逢《あ》えるならこの世界も幾分かマシだと思った。朔に逢えるならまだ私は消えたくないと思った。

でも、朔はこの世界から消えてしまう。だから、私は、私のためにも朔がこれからも生きるという証《あかし》をこの世界に残してほしいのだ。身勝手な願望だ。たかが数日逢っただけの短い付き合いのくせにと自分でも思う。それでも、朔には最期まで朔という人間をまっとうしてほしいと願ってしまうから仕方がない。

由紀子さんは私の想いを聞いて、静かに目を開けた。

「さっき、先生にも言われたの。臓器提供というものがありますって」

由紀子さんは嗚咽《おえつ》をこぼしながら全身で震えていて、そんな由紀子さんを母である陽子さんが優しく抱きしめ手を握る。

「それ聞いて、朔は迷いなく同意するだろうなって思ったの。まさか、もう同意しとったなんて思わなかったけど」

由紀子さんは、同意できないから背けるように目を閉じたのではなく、朔の優しさと強さを目を閉じ受け入れたのだとわかった。

この世に、永遠なんてものはない。だけど、永遠がなくてもこの世界は綺麗《きれい》なもので溢《あふ》れていた。

それを教えてくれるのは、やっぱり朔だった。

*

「何言ってんの？」

望くんが学校から帰ってきた直後、由紀子さんは朔の臓器を提供することを単刀直入に望くんにも伝えた。だけど、望くんは顔を顰《しか》め強くそれを拒否した。

「朔はそれば望んどる」

「ふざけんなよ！」

望くんは声を荒らげ、八つ当たりするようにソファーの上に置かれたクッションを床に叩《たた》きつける。

これが、当然の反応だと思った。

「兄ちゃんの命は、兄ちゃんだけのもんだ！」

朔が眠っていても、脳死と口にしても顔色一つ変えずにいた望くんは、今この瞬間に溜め込んでいた感情を爆発させた。

「他の誰にもやらねえ、絶対に」

「望！」

そう吐き捨てると、望くんは私達から逃げるようにリビングを出て大きい足音で階段を上り部屋の扉を勢いよく閉めた。

「あの子があんなに嫌がるなんて、思わなかった」

由紀子さんは望くんを傷つけてしまったのだと動揺していて、服の胸のあたりを強く摑《つか》んで肩で大きく息をしていた。

家族の死に向き合うことは簡単なことではない。ましてや、家族でもない私が口を挟んではいけない。そう思って、強く唇を噛《か》んだ。

それから、晩御飯ができたと伝えても望くんは部屋から出てこなかった。

どこの家も明かりが消える時間になり、私もそろそろ寝ようと朔の部屋の前に立つ。だけど、やっぱり隣の部屋にいる望くんが気になって、口を挟んではいけないとわかっているのに、私は気づけば望くんの部屋の扉をノックしていた。

確かに扉を叩いたが、朝同様にやはり返事はない。扉の隙間から光は漏れていなかった。もう寝たのかもしれない。――いや、こんな時に眠れるわけがない。

「望くん、起きてるよね？」

私は扉越しに尋ねる。返事はくれないが、多分起きていると思って私は構わず言葉を続ける。

「私が、あのカードを由紀子さんに渡しました。多分望くんは嫌がるだろうなと思っていたけど、やっぱり朔の想いは無視できないから。ごめんね。本当にごめんなさい」

私は一方的に伝えると「おやすみ」と言って、望くんの部屋から離れる。

その時——ガチャ、と望くんの部屋の扉が開いた。

「……望くん」

「なんで逢いに来たわけ？」

棘《とげ》が無数に生えた鋭利な質問だった。

「お前がここに来んどけば、誰もそがんこと言わんかった！　お前が眠っているはずの兄ちゃんと話したとかわけわかんねぇこと言わんどけば、母さんはお前ば家に住まわせたりなんてせんかった！　お前があんなもん見つけんどけば、兄ちゃんの命を誰かにやるなんて母さんは言わんかった！　俺は兄ちゃんにそがん英雄求めとらん！　どこの誰かもわかんねぇ奴救ったって、億万長者になれるわけでも、寿命が永くなるわけでもないだろ!?　兄ちゃんに逢えるわけでもないだろ!?」

これは、望くんが内に隠していた本音だ。兄を失うことが未《いま》だ信じられないまだ中学生の男の子の叫びだ。

「俺は、まだ謝っとらん。兄ちゃんに酷《ひど》いこと言ったのにまだ謝れてないんだよ。勝手に死なれたら困るのに」

朔はあの満月の日、傷ついた過去の話を一度だけした。

全力でなんでもやりたい、そういう風にしか生きられない朔を否定した弟の言葉を、とても傷ついた顔で、とても苦しそうに私に話してくれた。

誰かを傷つける行為は、自分の首をさらに絞めてしまうことを私は知っている。私も母を言葉で傷つけた時、罪悪感で消えたくなったから。

朔を傷つけてしまったその言葉を、朔が消える今ではもう綺麗には拭《ぬぐ》えないのだ。謝ることも許されることももう叶《かな》わない。

だから私は、私と似た望くんに朔にもらった言葉をあげたくなった。

「朔ね、私に言ってくれたの。〝望の気持ちはわからんけど、望は俺みたいにはならんでいい。全力で生きんでいい。望は望でいい。変わらんでいい〟って」

自分を自分で否定し続ける毎日に、ありのままの私全部を肯定してくれたのは朔だった。

「多分この言葉は、私だけじゃなくて、望くんにもそう言いたかったんだと思う。朔は、ちょっとやそっとじゃへこたれないよ？　誰かに疎まれても、指さされても、朔は全部全力でやる。それが朔だから。それが望くんの兄ちゃんでしょ？」

望くんはきっと毎日楽しそうに笑う朔に劣等感を抱いていたんだと思う。何にも染まれない自分を置いて、全力で生きている朔が羨《うらや》ましかった。

私も、色んな人に劣等感を抱いて、喜怒哀楽を前面に出す人を羨ましいなと思っていた。

だけど、みんなそれなりに悩んで苦しんでいることを知った今は、私もそうなれるように頑張りたいと思えるようになった。それは紛れもなく朔のおかげだ。

「兄ちゃんのことわかったように語んなや、バカ」

泣きながら毒を吐く望くんに私は思わず笑ってしまう。

「やっぱ朔の弟だね、気に食わない時はバカしか言わないから」

「バカ兄貴と一緒にすんな、もう寝る！」

「あ、おやすみ」

「うっせ！　バカ！　おやすみ！」

ボキャブラリーが乏しいことを指摘して睨《にら》まれながら、扉を強く閉められる。泣いたせいで真っ赤になった目と鼻の状態では不貞腐《ふてくさ》れた子供のようにしか見えなかった。

恥ずかしい言葉を口にして真っ赤な顔になっていた朔を思い出して、また逢いたくて泣きたくなった。

扉の向こうから、望くんの泣き声が聞こえてくる。漏れる嗚咽《おえつ》を我慢せずに子供のように大声で泣いている望くんに、私はここにいてはいけないと一歩、二歩と後退《あとずさ》る。その時、背後から鼻水を啜《すす》る音が聞こえ勢いよく振り返る。そこには、由紀子さんと陽子さんが望くんの荒らげる声を聞きつけてか、階段の真ん中あたりで身を隠すように立っていたのだ。

家族の問題に口を挟まないでと言われてしまうかも、と身体が勝手に謝罪の体勢に入るが、なぜか由紀子さんは突然私に頭を下げたのだ。

「え」

「あの子が、あんなに泣いとる声を聞くのは初めてなの。やっと……泣いてくれた、ありがとう、望ちゃん」

父を失っても一度たりとも泣かなかった母は、失ってから初めて自分の過ちに気づいた。きっと望くんも、刻々と消えようとする朔を見て自分の過ちに気づいてしまったのだろう。

泣くことさえも許されない。そう思えるのは、その人のことをちゃんと愛していたからだ。

喪《うしな》ってから気づく愛も、それなりに美しいのだ。今の私はそう思う。

深夜、病院から電話があり、私達は急いで病院に向かった。家族に見守られながら、朔はこの世界から消えるように、ゆっくりと静かに呼吸をするのをやめた。

＊

朔の父親である敦さんが、翌朝家に帰って来た。

既に私がお邪魔していることは、由紀子さんに聞いていたのか、温かく迎え入れてくれた。我が子が大変な時に、他所《よそ》の子にまで笑顔を向けてくれるどこまでも優しい家族に頭が上がらなかった。

その後、朔の家族と医師の間で長らく話し合いが行われた末、朔の意志を尊重し、臓器提供をすることに決めた。

臓器提供を行う上で、脳死判定を受けることが定められている。

朔の呼吸は止まり、今は呼吸器によって臓器がなんとか機能している状態だ。心臓が止まってしまう前にと、朔の家族は脳死判定を翌朝に受けることに決めた。

あまりにもスムーズな進み具合に、朔の意志を尊重したいと断言しておきながら、頭が追いついていかなかった。やっぱり、やめませんか。そう、こぼしてしまいそうだった。

夕方になり、一旦《いったん》病院から朔の家へと戻って来た。大きな決断をした後でも、由紀子さん達は私を気にかけ、たくさん話しかけてくれた。

私にあたりが強かった望くんも、今日はテレビもつけず、スマホも握らず、家族の輪に入り一緒になって談笑していた。

一カ月前だったら、ここに朔がいた。あの事故がなければ、今もここで笑っていたのだ。この空間全部自分のものだと言うように、大きく口を開け、笑っている朔がいた。

でも、もうそれは叶わない。

私をこの場所に留《とど》まらせようと話してくれたことすべては、朔の後悔で、嘆きで、慟哭《どうこく》のような叫びだったのだ。

「……望ちゃん？」

堪《こら》えられなくて、涙が溢《あふ》れた。

せっかく由紀子さん達が作ってくれた穏やかな空間に水を差す涙だ。わかっているのに止められなかった。

「ごめん、なさいっ……」

朔の家族の前で、ましてや一番初めに泣くなんて、空気が読めないにもほどがある。止まらない涙に対して、謝ることしかできなかった。

ふと、背中に温もりを感じる。恐る恐る顔を上げると、陽子さんが陽だまりのような微笑みで、私の背中を撫《な》でていた。丸まった背中を何度も何度も陽子さんの手がゆっくりと行き来する。

ここに来て、私は泣いてばかりいるけど、その分もらってばかりでもあった。

朔の家族の優しさに、また涙が溢れた。

私はどうして朔が見えたんだろう。どうして朔は私に声をかけたんだろう。

ねえ、朔。本当にもう逢《あ》えないの？


今日の夜が明けると、朔と出逢って二十九日目の朝がはじまる。

もちろん眠れるはずもなく、私はいつもみたいに夜道を歩いていた。朔が毎日当たり前のように歩いていた道を縫うように歩く。

この町に着いた最初の夜も、今日も、あたりは何も変わることなく静かだった。そして、暗い。東京は、やたらと多いビルやマンションの窓から漏れる明かりで暗がりという場所が少ない。だが、ここは漏れる明かりも少なければ街灯も少ない。でも、不思議と怖くはなかった。顔を上げれば、星がよく瞬いていたから。月が満ちていればもっと明るかっただろう。

そんなことを考えているうちに、またあの場所に着いていた。

朔が、溺《おぼ》れてしまった川だ。

やはり厳重に立ち入り禁止の看板が立てられている。

あたりを見渡し、人がいないか確認してから、私は川に近づく。あの時のお爺さんにまた見つかったら、今度は叱責どころではすまないだろう。

ごめんなさい、お爺さん。でも、少しだけここにいさせてほしい。

川近くで足を止め、川音に耳を澄ます。

朔の言うとおり、ここの川は家近くの川よりも、流れが速い険しい音に聴こえる。

梅雨時季じゃなければ、この川がもっと緩やかだったら、消防隊の到着がもっと早ければ、男の子が川近くで遊ばなければ、サッカーボールなんて取りにまた川へ入らなければ……。

わかっている。たらればを今さら繰り返しても、この現実は変わらない。人生が一度きりのノンフィクションなように、この事故をなかったことにして都合よく書き換えることなんてできないのだ。

またこぼれそうな涙に気づいて、勢いよくかぶりを振った。

本のページをめくり、文章を大事に目で追うように、朔との出逢いを振り返っていた。

何時間経っただろう。車の走る音も聴こえない。明かりを灯《とも》していた建物もすっかり眠りに入っていた。

ここに何分何時間いても気持ちの整理なんてできないし、現実も変わらない。

夜が明けて、誰かに見られてしまう前にここから離れないと。

なんとか気持ちを着地させ、やっとの思いで踵《きびす》を返す。

「――待って」

私一人しかいない河川敷で、聞き覚えのある声が突然飛んでくる。微《かす》かだが、確かに耳朶《じだ》を打つ声だった。

「待って、望」

心臓が突然、大きく脈を打つ。声が洩《も》れそうなくらい痛かった。

聞き間違えるはずがない声だった。私の名前を一音一音紡いでくれる優しい声に返事する声すら出なかった。その代わり、彼を求めるように振り返り瞳《ひとみ》がとらえる。私の目に確かに映る彼は、まっすぐに私を見つめていた。

「最期に、話したくて来た」

今は、涙すら邪魔だ。視界を遮る涙は要らない。なのに、涙腺《るいせん》が忙《せわ》しなく仕事をしていて、私の目にたくさんの涙を浮かばせる。

「望、ありがとう。俺の我儘《わがまま》聞いてくれて」

私も名前を呼びたいのに、喉《のど》がふさがり口を開くと嗚咽《おえつ》が洩れて上手《うま》く声が出せない。

「泣かんで」

泣きたくて泣いているわけじゃない。勝手に出てくるんだ。

「その涙、俺には拭《ぬぐ》えんけん」

そう口にしているのにもかかわらず、手は私の頬へと伸びている。言葉と行動が合っていない。

「なあ、望。まだ時間ある？　もうちょっとだけ、この夜が明けるまで、望と話したい」

私達は必ず日付が変わる前に解散していた。でも、もうすでに日付が変わっている。夜が明けるまでしか朔はここにはいられないのかもしれない。朔と話す時間はいつだって限られている。

「さ、く」

「ん？」

「さくっ、朔。……私は、朔の話が聞きたい」

朔に聞きたいことが山ほどあった。それは夜が明けるまでにすべて聞き終えるだろうか。

「なんでも話す、なんでも答える」

もう朔が人ではないのだと知ってしまっている以上、私に隠すことなんて朔には何も残ってなかった。

まだ夜は明けない。夜が明けるまで二時間ほど残っている。でも、これからの長い人生の二時間だとすれば、雀の涙くらいだろう。

朔は伸ばした手を静かに下げ、久しぶりに並んで腰を下ろした。

「もう空けんでいいばい、隣に座って」

一歩分離れなくても、どうせ触れることは叶《かな》わない。なら、思う存分近い距離で話したい。

私は涙で濡《ぬ》れてしまった頬を拭ってから、あの時のように肩と肩が触れるギリギリの距離まで近づいて座った。

信じがたいが、今私は一人で河川敷に座っているように見えているのだろう。隣に確かにいる朔は私にしか見えていない。それは寂しいことだけど、朔を独り占めできるのだと嬉《うれ》しくもあった。

「朔」

「ん？」

「最初から聞きたい。朔が私に声をかけたところから」

川で溺れたことをきっかけに眠ってしまうことになった朔は、あのとき川に入ろうとした私を見てどう思ったのか。そんな私にどうして「待ってる」と言ったのか。

朔は、照れ臭そうに頰を人差し指でかきながら、その時のことを思い出していた。

「正直、あんま憶《おぼ》えてないんよな」

「え？」

「自分が川で溺れたことは憶えとるけど、目覚ましたらあの河川敷におった。周辺をウロウロしとったら、いつもの自分とは違うっていう確かな違和感を持ったんだ。通り過ぎる人達は誰も俺に見向きもせんし、人にも触れんことに気づいた。雑草も枝も石ころも触れん。あー、俺死んだんかってすぐに悟った。どうやったら消えるんかなって考えとったら、俺の前に望が現れた。望は無意識に川に入ろうとしとったけん慌てて止めた。声出しても聞こえんやろと思っとったけど、望は俺の声に反応して振り返った。あれは驚いた、でも嬉しかった」

やっぱりあの日、朔の身体はこの場所で救助されたが、魂だけが川に流されて、あの河川敷の緩やかな川に辿《たど》り着いたんだ。どこを辿ったのか、どうしてあの川だったのか、それは気づいたらそこにいた朔にだってわからないことなんだろう。

私に声をかけた時点で朔は自分が人じゃないと気づいていた。だから、私が振り返った時目を瞬かせていたのだ。

「望ともっと話したかったけん、明日《あした》もここに来いって言った。だけど、俺はもう人じゃないけん望を怖がらせんようにと思って、絶対一歩分の距離を保った。怖がらせて望があそこに来んくなったら嫌だけん、その距離感は俺の絶対ルールにした。ボロが出んようにわざとミステリアスな男を演じた。どう？　あんま多くを語らん男は興味湧いたやろ？」

「朔はミステリアスの意味を履き違えている気がする。多くは語らないけど知的でスマートさがまずミステリアスの絶対条件だよ？」

「え〜滲《にじ》み出てなかった？　知的でスマートなところ」

「全然、バカ丸出しだった」

「おい！　俺が触れんことに感謝するんだな！　触れとったら望のほっぺた摘んで捻《ひね》っとったぞ！」

朔は威嚇する犬のように、鋭く尖《とが》った犬歯を見せて怒る。

「朔は私と話すの本当に楽しかった？」

「え、うん、楽しかったばい」

楽しかったに決まってるだろ、と言いたげな当たり前の顔で即答してくれる。

「楽しくなかったら、望をずっと待ってたりせんよ」

「でも、それだけじゃないでしょ？　私を待っていたのは」

「え？」

「朔が私に興味を示したのは、私だけが朔を認識できて、尚且《なおか》つ話すことができる唯一の人物だったから。でも、本当はそれだけじゃないんでしょ？」

朔がまっすぐに私を見つめる。

「……望くんと私が似ているから、でしょ？」

そう言うと、朔は目を伏せ、また前を向く。未来がない明日を見つめるような、遥《はる》か遠い目をしていた。

さっきの強い目は何だったのか、そう尋ねる前に朔がポツリと言葉を洩《も》らしはじめる。

「弟も昔から繊細で、ＨＳＰって精神科医に言われた」

私が持っていた本を朔が読んだことがあったのは、望くんを理解するために朔も読んだのだろう。望くんの本棚には参考書に紛れるように【繊細すぎるキミへ】の本が並んでいた。私が吸い寄せられるように買った本だ。

「俺達は好きでサッカー始めたはずなのに、弟はいつの間にか嫌いになっとった。でも、辞めたいって言えんくて、辞めたいって言えんことにも悩んどった。部活ってさ、ただその部活動やるだけじゃないんよな。上下関係とか選抜入りできるか競ったりとか、それが望にとってはストレスだったんだろうな」

そう。だから、私も中学校でも部活には入らなかった。好きなことだけをできるわけではないから。

「俺はそれも含めて楽しんどったけど、弟は楽しんどる俺の顔を見ることさえも嫌だったんよな。俺には弟の言っとる意味がわからんかった。サッカーは好きだけど、他が嫌だけん辞める？　意味わかんねえーって言ったらさ、弟は俺の全力さを否定してきた」

——「好きなもんでも全力で精一杯やれん人間だっておる。全力でやって結果出らんかったらって考えると、好きなもんも嫌いになるって」

ずっと朔の心に残り続けている望くんの言葉は、それまで仲良かったはずの兄弟に亀裂を入れてしまうほどの言葉だった。

「ずっとそんな風に思っとったんか、って結構ショックで、そっからは口も利かんようになった。それでも弟は、部員に迷惑かけたくなかけん中学の間はちゃんと部活やるって言っとった。その頃、俺はHSPの本を読んだ。弟のこと知りたくて読んだけど、ますますわからんくなって、でも俺達は兄弟だけど正反対だってことはわかった。俺の全力なところも大雑把さも、弟にとっては羨《うらや》ましくてうざったかったんだろうなって思ったら……」

その続きは口にはしたくないのか、朔は顔を歪《ゆが》め苦しそうに唇を噛《か》んだ。

——消えてなくなりたい。

朔の言葉の続きは、私には言わなくてもわかった。

寂しくて苦しくて、泣きたい時に寄り添ってくれる人の温《ぬく》もりは大事だ。朔があの日私の手をずっと握っていてくれたように、人の温もりに落ち着くことを知っている。

だけど、触れない。触れなくて、苦しい。

「部活のトレーニングメニューで学校の周り走るんだけどさ、そん時焦っているような慌てたような声が川沿いから聞こえてきて、そしたら子供が溺《おぼ》れとって、気づいたら飛び込んでた。子供助けて終わればよかったのに、サッカーボールが川に置き去りにされるの嫌で、取りにまた川に飛び込んだ。結構流れ速くて、水かさも梅雨の時季に入ったばかりで増していて、トレーニング中で疲れとったってのもあってどんどん川に呑《の》み込まれていった。そんで、これ。ダサいやろ？」

朔は手を広げ自分のもう人ではない身体を私に見せて、自嘲《じちょう》気味に笑みを吐いた。

「ちょっと思っとっただけなのに、人は案外簡単に消える」

朔は「説得力あるやろ？」って、こんな時にでも笑って重くなってしまった空気をできる限り軽くしようとする。

「知りたかった。最後にわかってやりたくて、望の気持ちを知れば、俺も弟のことわかるかなって思ったんだ」

朔は本当に望くんのことが大事で、いいお兄ちゃんだった。自分が消えそうなのに、朔は最期まで望くんのことを理解しようとしていた。それと一緒に、私のことも救ってくれた。

私は手を伸ばし朔の頬に触れるが、やはり透過してしまう。

「だけん、触れんよ？」

「……触れたい、朔の涙拭《ふ》いてあげたい」

「泣かんて、俺は泣かん」

「泣いていいんだよ、朔も泣いていい。朔だって、辛《つら》い時や苦しい時は泣いていい。上手《うま》く走れなくなったら立ち止まっていい。ずっと全力じゃない時もあっていいんだよ」

私達はいつだって泣いてもいい。傷つけられたら泣いてもいいし、我慢して強がるだけじゃ傷は癒えたりしない。もちろん大人になっても、子供のようにたくさん声を出して泣いたっていいんだ。いいんだ。泣くことを許さない人がいたら、泣きながら怒ったっていいんだ。頑張って生きている自分を解放する時間は、無駄遣いなんかじゃない。

「望くんだって、朔がいなくなるから泣いていた。たくさん泣いて朔を求めていた。もう逢《あ》えない人を想って泣くことは普通で、当然で、大事な時間なんだよ。涙の数だけみんなに愛されていたって証拠だから」

朔はみんなに愛されていた。家族にたくさん愛されて、きっと友達にもたくさん愛されていた。これから先もその愛はつづく。永遠につづいてくれる。そう信じれば愛も〝永遠〟になる。

朔は瞳《ひとみ》を揺らしながら、我慢して奥歯を噛《か》み締める力を解放した。

「朔が泣けないんだったら、私も一緒に泣くから」

そう口にする前から涙を流している私に、朔は困ったように笑って、私の頬に手を伸ばす。

「俺、月に願ったんよ」

「え？」

「望が川に入って消えそうだった満月の日、俺のこの命全部やるから今だけ俺を人に戻してほしいって」

満月の夜に朔に触れられたのは、朔が最期に縋《すが》った願いのおかげだった。朔の縋った想いを知ってまた涙が溢《あふ》れる。

「あの時みたいに触れてえな、望に。触れたい」

「……さ、く」

「もっと、あの日触れておけばよかった」

「……朔っ」

こんなにも想いが込み上げて溢れているのに、うまく言葉にできず名前を呼ぶことが精一杯。言葉なんて無数にあるのに、言い表せないのがもどかしい。

「望」

朔の声が愛《いと》おしくて、ずっと聞いていたいと願ってしまう。だけど消える手前の月の下では私の願いは届かない。

その時、ずっと見つめていた朔の瞳が大きく揺れる。

「本当は、それだけじゃないんだよ」

そう言葉にした瞬間、息を呑《の》んだ。

朔が突然、たがが外れたように肩を震わせ泣きだしたのだ。

「朔……？　どういう、意味？」

嗚咽《おえつ》交じりの涙を流す朔を見るのははじめてで、触れないとわかっているのに何度も試みてはすり抜けてを繰り返す。

今の朔は、母に本音を吐露した時の私とそっくりだった。散々我慢しつづけていた想いを一瞬解放しただけでどんどん溢れていくように、朔は声を押し殺しながら止まらない涙を何度も何度も拭《ぬぐ》っている。

「まだ、何かあるの？」

言葉にしようとしては、躊躇《ためら》うように閉じて、それでもまた朔は口を開く。

「なんで、あの川に辿《たど》り着いたのか、俺はわかっとる」

「……え」

「望にどうしても最期に逢いたくて、その気持ちが強かったけん、俺はここからあの河川敷まで行ったんだ」

どういうこと？　私達は、先月の新月の日に初めて逢ったんじゃないの？

まるで、私達が昔にも逢ったことのあるような言い方だ——いや、本当に逢っていたのかもしれない。

「望が憶《おぼ》えとらんくて当然。そんくらい前のことだけん。でも、俺はずっと待っとった。あの河川敷で、いつか望に逢えるって信じとった」

その言葉を聞いた瞬間、衝動的に記憶の引き出しが開いた。朔といるとたまにあった、懐かしいと感じる違和感の正体がその引き出しにはぎゅうぎゅうに詰まっていた。

霞《かすみ》がかった曖昧《あいまい》な記憶だった。だけど、こんな風に泣く男の子と話した幼き記憶はちゃんと脳が記録していた。

朔の綺麗《きれい》な瞳に、私の戸惑った表情が映る。

私達が本当に初めて逢った日の話を、朔は私を置いてけぼりにして話しはじめる。

「俺、小学校の時に少しだけ東京に住んどったんよ。父親の東京への転勤が決まって、俺も一緒について行ったことがある。もっとサッカー上手くなりたくて、強いチームに入りたくて。でも、東京行ってからあんま上手くやれんかった。試合にも出られん時もあって、あの河川敷で悔しくて大泣きしとる時に、望と出逢《であ》った」

ぼんやりとしていた記憶の輪郭が徐々にはっきりとしてくる。

「また逢いたい」と言ってくれた子が、男の子だったことも、彼がいつもサッカーボールを持っていたことも。

物心ついた頃から、そのグラウンドにはいつも誰かしらいた。子供がボールを蹴《け》ったり投げたりして遊ぶには広くて最適な場所だったのだ。休日は子供達の練習試合が行われていたり、かと思えば大人達が草野球をしていたりと盛んに利用されていた。

その中でも印象的だったのは、毎夕にサッカーボールを蹴って一人で練習している男の子だった。日が沈むまで、毎日休むことなくボールを蹴っていたから、よほど好きなんだろうと感心したのを憶えている。それだけ夢中になれることを見つけるのを、私はいつも恐れていたから。

当時の私は、クラブ活動も習い事もやってなく家に帰っても暇を持て余していた。でも、友達と遊ぶ行為はいつもどうしてか気疲れしてしまう。だから、宿題を終わらせた後、散歩がてらに彼の練習風景をこっそりと眺めたりしていた。

そうだ、そう。確か、そんな彼が泣きながらボールを蹴っている日があった。試合でボロ負けしたとかで嘆きながら、一生懸命泣いて、悔しがっていた。

「熊に出くわした子犬みたいな目でさ、大丈夫？　って声かけてくれたんだよ」

当時のことを思い出して、朔が小さく笑みをこぼした。

「〝大丈夫、次は勝てる、だって君はすごく上手だから〟って励ましてくれた。それが嬉《うれ》しくて、〝また逢《あ》いたい〟って言ったら、望が〝また逢いに来るね〟って約束してくれたんだ。その日から、望はふらっと来ては、凄《すご》いね上手だねって散々褒めるだけ褒めて家に帰るようになった。それがどんだけ俺の心の支えになっとったか、いつしか俺は練習そっちのけで望に逢いに行っとった」

朔が流した大粒の涙は、気づけば私に移り頬を濡《ぬ》らしていた。

なんで今まで気づかなかったのだろう。そういう時間があったことをどうして私は記憶の引き出しに押し込んだまま置き去りにしていたのだろう。

「結局、父親が出張とかで海外飛び回るようになってから、家で一人になるのは心配だけんて熊本に帰ることになった。東京を離れる前に最後に逢いたいって思ったけど、望はその日河川敷には来んくて、そっから疎遠になった。そもそも望が来るのは不定期だったし仕方のないことだった。あれ以来、父親と逢う口実で夏休みに東京行って河川敷で待っとったりしたけど、望とは逢えんかった」

ああ、そうか。私は、思い出したくなかったんだ。だから、記憶の引き出しに押し込んだまま開けないように、考えないようにしていたんだ。

毎日いると言っていたはずの彼が、突然ピタリと河川敷に現れなくなったから。日にちを改めたり、二週間毎日河川敷に通ったりもしていた。なのに、彼は来なかった。

初めて〝またねが来なかったまたね〟に気持ちが沈んだ。ずっと変わらずつづいていく明日《あした》なんてないのだという苦みを味わった日だった。

中学生になり、父の病気が見つかってからは、もう散歩なんてしなくなった。父が亡くなってから母との関係は悪くなる一方で、私はもう期待しなくなった。永遠なんてものはない。

気づけば朔と河川敷で話した思い出は、思い出したくない記憶になり、触れずに避けて、いつしか埃《ほこり》を被《かぶ》ってしまった。

私は忘れたかったのかもしれない。だからずっと河川敷を避けていたのだ。

「まさか、こんな形で逢えるなんて思っとらんかったなあ……」

朔は言葉どおり、ずっと私を待っていたのだ。私が思っているよりもずっと長い年月を待ってくれていたんだ。なのに、私は、忘れようとして必死にあの河川敷を避けていた。

「ごめんっ……ごめん、朔」

「なんで謝るんだよ。俺は嬉しかったんだから、望に逢えて、またあの場所で話せて、もう十分すぎる」

大きく首を振った。

十分じゃないでしょ。まだ朔は十七歳で、まだこれからなのに……。

「俺は、望に救われた。サッカーをずっと全力でやれたのも、望が俺をずっと褒めて応援してくれたから。だけん、今度は望のこと全力で肯定してあげたかった。大丈夫だけん、望の優しさは誰かを救えるからって教えてあげたかった」

朔が満足げに笑った。

その笑顔は、本当に心の底からもう十分だと言っているようだった。

「俺は、望に出逢えてよかった。最期に望と話せてよかった」

「……やだ。やっぱり、ここにいて」

「もう望は大丈夫だろ？」

「それでも、嫌だ」

もうすぐ、夜が明けようとしている。幸せな時間は、時空を歪《ゆが》ませる。この瞬間だけ時間の進みが速くなったように、早々に私達から奪ってしまう。

夜が明ける前に、消える前に、朔はやっと言葉にした。

「望、好きだ」

ずっと求めていた言葉なのに、ずっと待っていた告白なのに、嬉しいはずなのに、涙が溢《あふ》れて止まらない。

目の前にいる朔が、また涙を流す。その涙が、私の胸を締めつける。

「神様に感謝せんとなあ、望にまた出逢わせてくれたから」

朔の涙がキラキラと煌《きらめ》いていた。新月前夜で月はほぼいないのに、何の光が朔の涙を輝かせているのか。

出逢った時から、朔は眩《まぶ》しい。ずっと、月よりも眩しい光を放っていた。そうか。朔に光を与えていたのは、私だったのか。

「でも欲を言えば、生きとる時に、望に逢いたかった」

私もだよ、朔。

「……消えないで」

なんとか絞り出した言葉に、朔はまた困ったように泣きながら笑う。

「消えんよ、俺は。また新しい場所で生きる」

「違うっ、そうじゃなくて」

「うん、わかっとる。ごめんな。ごめん」

触れられないとわかっているのに、朔は伸ばした手を引っ込めようとはしない。諦《あきら》めず何度も私の頬に触れては、すり抜けて、触れては、すり抜けてを繰り返している。

「どうして、昔逢っていたこと教えてくれなかったの？」

私の問いに、朔が言葉を探す。

「……自制かな」

「自制？」

「溢れんように。望に対する好きっていう想いが、言ったら全部溢れてしまいそうだったけん。どうせ俺は永くないし、なによりも困らせたくなかったし、また望に忘れられるようにスッて消えたかった」

「ずるい、そんなの」

「ははっ、ずるいんだよ俺」

朔は意地悪な笑みを浮かべた。

「でも、我慢できんかった。どうせ我慢できないなら、もっと早く言えばよかった」

朔が言わなければ、私はまた昔みたいに今の朔を忘れてしまったのだろうか。

いや、忘れるわけない。もう一生死ぬまで私は朔を忘れない。

「そうだ、小説のラストどうだった？　残りつづけたやろ？」

「……消えたよ」

「消えたかー、俺は残ると予想しとったけどなあ」

「じゃあ残ればいいじゃん！」

「いやばい、俺は地縛霊とかにはなりたくねえ」

「悪霊でも私はいいよ」

冗談を少しも交えていない本気のトーンで言ったのに、朔はまた可笑《おか》しそうに笑った。

「俺は残らんよ、望にどうせ触れんから」

「満月になったら触れるかもしれないよ」

「触れんと思う。そんな気する」

「……好きって言ったくせに、意気地無し」

「あ？　好きだから、悪霊になりたくないって言っとるんやぞ！　好きな奴の周りウロウロして望の生気奪ってもいいんか⁉　ダメやろ⁉」

「いいよ」

「……ダメって言えよ、消えれんだろ？」

消える準備をしている朔が困ったように笑う。消えようとしているのに未《いま》だ手は伸ばしたままだ。本当は消えたくないくせに。

消えないでと泣き叫びたい。だけど、これ以上朔を困らせたくない。

「朔。私はもう、消えてなくなりたいなんて思わないから。好きなものを毎日探して、好きなことを全力でやるから。もう大事なものを手放したりしない」

「約束だから」

「約束する。守れなかったら針千本飲むよ」

今度は１００％の冗談を言ったのに、朔は笑ってはくれなかった。

濡《ぬ》れた頬を、触れられない朔の代わりに自分の手の甲で拭《ぬぐ》う。そうやって消える準備をする朔に、私もまた朔がいないこの世界を生きていく準備をする。

「朔、私に毎晩逢いに来てくれてありがとう。ずっと、待っていてくれてありがとう」

朔に逢えてよかった。心底そう思っている。

拭った涙がまた頬を濡らしていく。この場所だけ雨が降っているかのように、朔の頬も涙で濡れている。

私よりも泣いていて、朔はこの世界にいたいと切実に願うように、なんとか消えないように、ここにいてくれる。

「私も朔が好き、大好き」

私は最後のありがとうと、胸いっぱいの好きを伝えると、朔は長い息を吐いた。

「消えたくねえな」

ようやく本音がこぼれた。

そう口にした瞬間、太陽が顔を出しはじめる。同時に、足から徐々に朔が消されていく。

「朔っ」

「望」

全力で生きた朔が、この世界から消えていく。

「新月はリセットの日って言われとるって知っとった？」

「え？」

「久連松朔はここでリセットされるけど、月はまた満ちるから」

「どういう、意味？」

「望、また逢《あ》おうな」

「待って、朔」

朔の身体が空気と同化するように、徐々に透明になって消えていく。

私は咄嗟《とっさ》に朔の手を握ろうとする。

もう散々思い知らされているはずなのに、やっぱり私は朔を求めてしまう。

最後に朔に逢いたいという願いを朔は叶《かな》えてくれた。でもやっぱりもう一度、朔の手を握りたい。

「俺はこれからもずっと待っとるけん。満ちる時にまた逢おうな。だから――」

朔は、その続きを言えずに唇を噛《か》む。

私にはわかる。朔が言いたいけど言えない言葉。消える側が、残る側に言う台詞《せりふ》にしてはあまりにも酷だとわかっているから、そう簡単には言えない。

だったら、私が言う。この世界から消えていくことを受け入れている朔に、ありったけ全部を伝えたい。

「私、ずっと朔のこと忘れないから！　ずっと憶《おぼ》えているから！」

　忘れないで。

　忘れない。

「うん、俺もずっと忘れない」

　結局、最後の奇跡は起きないまま、触れることは叶わず朔は消えていく。手を伸ばしながらも、朔はどこか満足げな顔をしていた。

「ありがとう、望」

　行かないで、朔。

「俺のこと励ましてくれてありがとう、望」

　それは明らかに私の台詞なのに。

　それでも朔は、最後に〝ありがとう〟を残し――静かに消えていった。

　残ったのは、朔と一緒に過ごした思い出と、朔が私にくれた言葉。

　ポタ。

　そして、最後に朔の目からこぼれたものが、伸ばした私の手に落ちて――無色透明の涙が残った。

　消えてなくなりたいと散々思っていた私の前で、消えたくないと切実に願いながら、朔は確かに私の前から消えていった。

〝永遠に触れられる命はない〟そう神様が言うように、朔は月が完全に欠ける前夜に、私の前から逝ってしまった。

最期の別れを私に告げて、世界はまた一定のリズムを刻みながら二十四時間しかない一日を繰り返そうとする。

やっぱり太陽が現れる眩《まぶ》しくて目が眩《くら》む時間は好きではないけど、好きな夜の時間に逢えるなら私は生きていけると思えた。

そうやって、最初は好きなもののために嫌いなものを少しずつ受け入れていけば、いずれ嫌いなものでも好きな部分を見つけることができる。嫌いな自分もそうやって受け入れていけば、いずれ好きになれる。大丈夫、私はこんな自分を受け入れていける。

好きだった世界から消えることを受け入れた朔のように、私も朔が好きになってくれた私を大事にできる。いや、大事にしたい。

朔がこぼした涙の上に、自分の涙が落ちて、互いの涙を受け入れるように混ざり合う。そして、私の中に溶けていった。

翌日、朔と出逢《であ》って三十日目、二回に亘《わた》る脳死判定を経て、朔は正式に脳死と診断された。脳死と正式に診断された十五時二十分が朔の死亡時刻となった。


脳死判定を終えた翌朝、私は朔の家を出た。

「本当に、今日いっぱいまでいなくていいの？」

由紀子さんが私の手を握り、引き留めようとする。

朔の心臓は正常に動いていて、無事移植できることが決まった。行き先も決まり、このあと臓器を摘出する。朔の元から心臓が離れる日だ。

「もう朔にはお別れを言いましたから、大丈夫です。ありがとうございます」

朔の家族には随分と良くしてもらった。今もこうやって駅まで私のために車を出してくれている。本当に口を開くと「ありがとう」しか出てこないくらいに心底感謝している。

もう帰ることを決めている私に、由紀子さんは渋々手を離した。

「本当にお世話になりました。ありがとうございます」

由紀子さん、陽子さん、望くん、敦さんに深く深く頭を下げた。そして、この町を離れ、朔から離れることの悲しみを吹き飛ばすように勢いよく顔を上げた。

「じゃあ」

「ちょっと待って」

そろそろ行こうと背を向けようとした時、由紀子さんが私の手に何かを握らせる。

半ば強引に渡されたのは、一枚の写真だった。

瞬間、ぶわあ、と涙が目いっぱいに込み上げた。

「初めて逢って、望ちゃんの名前を聞いた時、もしかしたらって思ったの」

由紀子さんはいつから気づいていたのだろう。

由紀子さんが渡してくれた写真は、ユニフォームを着て、ボールを追いかけるように走る幼い頃の朔だった。

顔を上げ、由紀子さんを見つめる。

「朔がよく嬉《うれ》しそうに話しとったの。東京にいた時に、望と同じ名前の女の子と逢ったって」

ぼやけていた朔の幼い頃の姿が、写真を目にし、ようやくはっきりと思い出せた。

「ありがとう、ここまで朔に逢いに来てくれて」

口を開いたら大声で泣いてしまいそうだったから、唇を噛み何度も頷《うなず》いた。

「望ちゃん、これもらって」

由紀子さんにもらった写真を大事にボストンバッグにしまうと、今度は陽子さんがずっと手に持っていた保冷バッグを私に渡す。

「食べてな。朔の好きなスイカの漬物だけん」

「……食べたかったんです、ありがとうございます」

涙で濡《ぬ》れた顔で精一杯笑ってお礼を伝えると、奥の銀歯が見えるくらい陽子さんは満面の笑みで返してくれた。

すると、今度は陽子さんがくれた保冷バッグの上に突然何かが被《かぶ》さった。驚き、顔を上げると望くんが仏頂面で立っていた。

「これ、持っていけば」

そう言われ、保冷バッグの上に乱雑に置かれたものを見る。それは【月と惑星】と書かれた雑誌だった。

朔が臓器提供意思表示カードを挟んでいた雑誌に、素直に首を傾げ、なぜこれを？という意味合いをこめて望くんを見る。

「兄ちゃんそれよく読んでたから。形見的な？」

軽い感じで言う望くんの頭を由紀子さんが容赦なく引っ叩《ぱた》く。

「もっと他にあったやろ！　どれば選んどっとねこのバカ！」

「なんだよ、ほんとによく見てたんだって！」

「いえ、これがいいです。ありがとう、望くん」

目の前で親子喧嘩《げんか》を始める二人の間に入り、この雑誌を選んで持って来てくれた望くんにもお礼を伝える。どうやら照れているのか、唇を尖らせそっぽを向かれてしまった。

最後に、朔の父親の敦さんにもお礼を伝え、私はボストンバッグの持ち手を握り直した。

そして、一呼吸置いて、私は彼女達に飛び切りの笑顔を向けた。

「散々お世話になって、こんなこと言うのはどうかと思ったんですけど……また、ここに来てもいいですか？」

突然現れた私にどこまでも優しく接してくれて、朔と逢《あ》っていた話をちゃんと聞いてくれた由紀子さん達には本当に頭が上がらない。それなのに、朔がまだ生きているという証《あかし》を残してくれた。

だから、どこまでも温かかった朔の家族とこれっきりにはしたくなかった。

由紀子さん達は互いに顔を見合わせると、深く頷いた。

「もちろん、いつでも待っとるよ」

その言葉に、私はまた頭を深く下げた。

頭を下げている間足元しか見えないのに、青空を見上げているように感じていた。

私は肩を落とし、身体の力を充分に抜いた後、新幹線に乗り込んで熊本を後にした。

新幹線では熊本から東京は六時間ほどで着く。バスに比べれば短いが、新幹線でも六時間もかかってしまうのかと驚いた。

ここからは長いし、途中で乗り換えもしないといけない。それでも、また熊本に必ず来ると心に誓った。

私は空いている席に座ると、最後に望くんが朔の形見としてくれた【月と惑星】の雑誌をパラパラとめくる。

朔はやっぱり月が好きだったんだろうな。

そう思いながら夢中でめくっていると、ある頁で手が止まる。

【月の満ち欠け】という見出しで、月の変化を表した三十個の月が実際の写真で説明されていた。

『月の満ち欠け』は、別名で『朔望《さくぼう》』というらしい。『朔』は『新月』という意味で、『望』は『満月』という意味であった。初めて知る話に目を見開く。

だって、このページはまるで私と朔の三十日のようだったから。

朔は、月が消える真っ暗な夜に私の前に現れた。月が満ちるのと同じ周期で、朔は私の気持ちを満たしていった。そして、満月が欠けるのと同じ周期で徐々に朔は私から姿を消した。

「本当に月から来たんだね、朔」

ロマンチストになりたいからとおふざけで言っていた朔は、本当に月のような人だった。

朔と出逢ってからのこの三十日間は色んなことがありすぎた、濃い三十日間だった。散々朔と笑って、ひどく自分に絶望して、それでも朔は私の側にいていつも大事なことを教えてくれた。私がこんな私でも受け入れたいと思えたのは、朔が私をずっと肯定してくれたから。

そっと月の雑誌を抱きしめる。朔を抱きしめるように、強く、優しく、慈しむように。

ごめんね、朔。私は、私を待ってくれている場所に戻るね。だから、朔も新しい場所で目一杯最後まで生きてね。

「朔っ……」

新幹線に揺られながら私はずっと朔のことを想っていた。

一人旅を終え、無事に東京に到着した頃、私のスマホに一通のメッセージが入る。熊本を出る前に連絡先を交換していた由紀子さんから早速メッセージが届く。そのメッセージの内容に、私はゆっくりと肩を下ろす。

【朔は、別の新しい場所へと飛んでいったよ】

飛んでいった、という文脈がなんとも由紀子さんらしかった。

「望ー！」

その時、私の名前を呼ぶ母の声が聞こえた。顔を上げると、母は自分の存在を主張するように、一生懸命手を振っていた。隣には岩田さんもいる。

私が笑って駆け寄ると、母はそのまま私を強く抱き締める。驚いて、ボストンバッグが肩からずり落ちて地面に放り投げられる。

「おかえり」

涙声の母に戸惑いながら岩田さんの顔を見れば、岩田さんは可笑《おか》しそうに笑って「時計を見ては、そわそわして待ってたんだ」と教えてくれた。恥ずかしいけど、仕方なく母の背中に手を回した。

「ただいま、お母さん」

ずっと私の帰りを待ってくれていた母の背中を擦《さす》りながら、私は確かに母の愛を感じていた。

きっとこの愛は、永遠につづく。そう思えるような深くて大きな愛だった。

五日ぶりに帰ってきた東京は、やはり熊本よりも高いビルとマンションが建ち並び、見るからに息苦しそうな場所だった。

それでも、これから私はここでちゃんと生きていく。朔が生きられなかったこの世界で、好きなものを毎日探しながら大事に生きていきたい。朔の心臓もどこかで誰かとして目一杯生きているのだから。

——でも、それでも、朔には逢いたい。

そんな心残りをかき消すように勢いよく玄関扉を開けると、家の中はいい匂いに包まれていた。

この匂いはなんだろう。嗅《か》いだことのあるいい匂いだ——あっ。

「カレー？」

「正解！　望お腹減ってると思って、簡単なものでごめんね」

「ううん、すごいお腹減っていたから嬉《うれ》しい」

「野菜は聖くんが切ったのよ、すごい歪《いびつ》なの、ちょっと見てみてよ」

そう言うと、母は私が持っていたボストンバッグを奪い取り、岩田さんに「これお願い」と渡して、よほど早く見てほしいのか私の背中をグイグイと押す。

「あっ、岩田さんごめんなさい」

「いいよ、僕の切った歪な野菜を見てきて」

私の荷物を母が無理やりとはいえ岩田さんに押しつけてしまうのはさすがに悪いので返してもらおうと手を伸ばすが、安定の穏やかな笑みで荷物を背中に隠される。

岩田さんの優しさに軽く頭を下げ、私は母の力に抗《あらが》えずキッチンまで一直線に向かわされる。

「見てみて、ほら」

「ふふっ、ほんとだ」

「これ星の形なんだけど、星に見える？」

「えー、ただの歪なニンジンに見える」

「でしょ!?」

母の楽しそうな表情と声色に、朔にもう逢えないという現実に沈んでいた心が少しだけふわりと浮く。

朔のことは母にも電話で伝えていた。

朔が脳死判定を受けた直後、「ちゃんと説明したほうがいい」と由紀子さんに言われ、私は朔のことをざっとだけど話した。岩田さんの車の中で話したことも、岩田さんが母に伝えてくれていたのか、終始私を励ますような優しい相槌《あいづち》で静かに聞いてくれた。さすがに幽霊の朔に毎晩逢っていたというオカルト話は正直には言えず、電話やラインで朔と毎晩連絡を取り合っていたことにした。

朔が事故に遭い亡くなってしまったことを伝えると、母も熊本に行くと言ってくれた。それでも私は、葬式には参加するつもりはないからと、自分の意思をしっかりと伝えて東京へと帰ってきた。

「食べよう、望」

「うん」

母の言葉に私は頷《うなず》く。そして、扉付近で静かに立って見守っていた岩田さんに視線を移す。

「岩田さんも、一緒にどうですか？」

その提案に岩田さんは一瞬驚いた顔を見せるが、すぐに頷いた。「ありがとう」と言って、嬉しそうに声を出して笑っていた。

母の誕生日に開いた食事会では会話がまったくつづかなかったが、今日はたくさんの話が飛び交った。

歪な野菜が入った市販のルーで作るごく普通の味のカレーを食べながら、馴染《なじ》みのない朔の大好きなスイカの漬物もテーブルに並べ、他愛のない世間話のような話をした。

朔が好きなスイカの漬物はとてもあっさりしていて、おやつとしてもおつまみとしても食べられる万能漬物だった。確かにこれを食べるためにスイカを買ってきてしまうかも。そう思えるくらい美味《おい》しかった。母も岩田さんも美味しいと言って食べていた。

そんな岩田さんは、亡き父の定位置であった席には座らず、母の部屋から持ってきた作業椅子を並べて座ってくれた。

岩田さんは気づいていたのだ。父の席に座っていた岩田さんを見て、私が無理して笑っていたことを。話をしている今も、岩田さんは私を傷つけないように慎重に言葉を選んでいるように思えた。その気遣いが申し訳なかったけど、それ以上に嬉しかった。

「望に、聞いてほしいことがあるの」

皿に入ったカレーライスを食べ終え、スプーンを置いたタイミングで、母が緊張した面持ちで口を開く。

再婚の話、だろうか。

私は、居住まいを正し、やっと母の言葉に向き合う。

「お母さん、聖くんと再婚するのはやめる」

「……え」

てっきり再婚の話をするのだと思っていた。

実際、母も岩田さんと再婚したいと言っていたのに、母から発せられた言葉は『再婚しない』だった。

私のせいだ。私が岩田さんも岩田さんを選ぶ母のことも受け入れられないと言ってしまったから。

私は慌てて弁解しようと口を開くと、先に母が「違うのよ」と私に言葉を呑《の》み込ませる。

「違うの。望のせいじゃない。望に言われたからそうするんじゃない」

「じゃあ、どうして？」

「お母さん、望に言われて気づいたの。お母さんはお父さんに対する想いを完全に断ち切りたくて、聖くんと再婚しようとしていたことに。でも、それじゃ駄目だと思ったの。お父さんのことは今でもとても大事に思ってる。もちろん、聖くんのことも大事に思ってる。だから、お父さんを忘れないためにも、再婚はせずに、戸籍も変えずに、三人で暮らしていくのは、駄目かな？」

戸籍は別だけど、岩田さんと家族になるってこと？　それで岩田さんはいいの？

そういう疑問を含んだ目で岩田さんを見ると、悟ったように岩田さんは柔らかく頷いた。

「私に遠慮してるの？　私は、お母さんが岩田さんと再婚しても、いいと思ってるよ？」

「お母さんがそうしたいの」

母は、もう決めたのだと言うように私をまっすぐに見ていた。私がよければ、そうしたい、そう目で伝えてくる。

岩田さんで上書きしようとした母は、最期まで父の苗字として生きていくことを決めた。

三人で一緒に住みはじめても戸籍を変えない私達に、もしかしたら近所の人は母を二股《ふたまた》みたいだと言うかもしれない。死んだ父が可哀想だと誰かが後ろ指を差すかもしれない。それでも母の決めたその提案は、父が好きだった私を救ってくれた。なにより、父を忘れたくないという母の気持ちが嬉しかった。

決定事項のように進めていく母はもういない。そして、何も言えず黙ってしまう私ももうここにはいなかった。

私は、母のその提案に確かに頷きで承諾した。

＊

その晩、私は五日ぶりに朔と逢《あ》っていた河川敷に来ていた。

今日からまた月が満ちはじめる。まだ肉眼では確認できないが、確かに月はいることに安心した。

「そこの女子高校生！」

すると、突然背後から大きい声が飛んできて、驚きで小さく声が洩れる。だが、聞き覚えのある声に気づいた私は笑みをこぼしながら振り返った。

よく犬を散歩させている女性が、今日は犬を連れずに私に向かって一直線に歩いて来るのが見えて立ち上がる。

「ちょっと、未成年が堂々と真夜中に出歩いたら危ないでしょ」

五日前にここで名刺をもらい、家を出る前名刺に書かれた電話番号に電話をかけ、「お礼を直接言いたいので河川敷に来てくれませんか？」とお願いした。電話越しから聞こえた声が若干気だるげだったので半分来ないだろうと思っていたが、ちゃんと来てくれて今安堵《あんど》している。

女性は私から一歩分ほど距離を空け、足を止めた。走ってきてくれたのか額には汗が滲んでいた。

「あの、この前はありがとうござい――」

「逢えたの？」

私のお礼を遮り、聞きたいことをすぐに聞いてくる。

「逢えました。本体の彼とは話せなかったけど、触れることはできました」

「……そう」

「やっぱり、幽霊だったんだと思います。魂？　とも言っていました」

「え？　話せたの？　話せなかったんじゃないの？」

「いや、一度だけ川で」

そう言うと、「あ〜川か〜」と女性は何度も頷いて河川敷に座りこんだ。

「彼は、水に流されてここまで来たのね」

「え？」

「ほら、川は海に繋《つな》がっているっていうでしょ？　川が他の川に合流して繋がっていくことも有り得るかもしれないじゃん？　川に流された彼の魂がひょんなことでここに流れ着いたのかも」

「可能なんですか？　オカルト的には」

魂が川に流されて、偶然ここに辿《たど》り着き、幽霊として私の前に現れるだなんて。

「知らないわよ、オカルトなんて興味ないから」

「えっ、てっきりそういうのに詳しいのかと」

「なんでよ」

「だって、なんか幻覚とかそういうの詳しそうな職業じゃないですか」

私は、ポケットから女性にもらった名刺を取り出し、そこに書かれた【精神科医【安生唯《あんじょうゆい》】を指さした。

「まあ、幻覚を見る人は何度も診察したことはあるけど関係ないわ。単に自分に霊感があるだけよ」

「……私はないはずなんですけど、あっ、やっぱり幻覚？」

「違うわよ、彼は確かに人ではなかった。幽霊というよりかは体外離脱して自分の肉体から抜けてここまで来た魂かな」

体外離脱って、幽体離脱のことだよね？　じゃあ、あの朔は幽霊ではなくて、朔の魂だったのか。

「だからギリギリ見えたのかな、完全に幽霊だったら見えなかったかも」

「……見えていたと思うわ」

「え？」

女性は私を見つめ、考え込むように顎《あご》を触りながら言った。

「少し気になったことを言うわね。気に障ったらごめんなさい」

「えっ、あ、はい」

私が頷《うなず》くと、女性の目がさらに柔らかくなったのに気づいた。

「いつも周りを気にしすぎて目が泳いでいる。言いたいことを溜《た》める時にどこかしらに力が入っている。大きい音に過剰に反応してしまう傾向もあった。真面目そうなのに真っ暗な夜になぜか出歩いている。昼間の無数の眩《まぶ》しい光よりも暗い夜を好んでいる」

　精神科医はちょっとした表情や動きにもよく目を配り、嘘もゆうゆうと見抜いてしまう職業だと言われているけど、二度話しただけでまさかここまで見抜かれるとは思いもしなかった。多分、もうこの人には気づかれているのだろう。

「繊細な子ってね、みんな感受性が豊かなの。そういう子は霊感が強かったりするの」

「え、でも、一度も幽霊なんて見たことないです」

「もしかしたら、彼が見えた時期が一番過剰にすべてを感じ取ろうとしていた時だったのかもね。もちろん科学的根拠はないけれど」

「もしそうだったら、救われます」

　この生まれ持った特性のせいで私は苦しんだけれど、このおかげで朔という大事な人にもう一度出逢《であ》えたのであれば、こんな自分も悪くないなと思った。

「いや、彼のあなたに対する想いの強さがあったから見えたのかも」

「え？」

「私、そこのマンションに住んでいるんだけどね」

　ここからでも見えるマンションを指さしながら言った。

「彼、ずっとあなたのことをここで待っていたんだから。よほどあなたに逢う毎日を楽しみにしていたんだと思うわ。だけど、あなたは夜にしか彼を見ることができなかった。見ていて、もどかしかったわ」

女性の口から語られる新たな真実に心が震えた。

夜が待ちきれなくてまだ日が落ちていない時間に河川敷に来てみたりしたけど、朔とは逢えなかった。だけど、私が見えていなかっただけだったのだ。やっぱり朔は、ずるい。

「愛って、やっぱり一番の万能薬よね」

うっとりした女性の顔に、私は恥ずかしさを隠すように愛想笑いで返事をした。

「私では彼の代わりにはなれないと思うけど、この先何か嫌な事があったらいつでも連絡して」

この人はいい先生だと、柔らかい笑顔を見て確信した。

「ありがとうございます」

当初は謎めいていて、気味が悪かった女性は、ちゃんと話してみるととてもいい人だった。やっぱり私は、私自身で視野を狭めていたのだと気づく。

「あのっ、私、谷澤望って言います。次会うときは安生さんって呼んでいいですか？」

「別に今からでもいいわよ。じゃあもう行くわね、明日《あした》早いし」

「はい！　また、安生さん」

「また、望さん」

安生さんは私の頭を優しく撫《な》でると、一つに結んだ綺麗《きれい》な髪を左右に揺らしながら夜の闇に溶けていった。

綺麗でかっこいい人だ。私もあんな大人になりたいな。

そんな理想の人物像を思い描いていることに気づいて、笑みがこぼれた。

あんなに消えてなくなりたいと思っていたのに、今の私は未来のことを考えている。

その変化は、確かに成長を感じさせられた。

夜が明けることをこんなにも待ち遠しいと思うのはいつ以来だろう。

私は、ポケットから写真を取り出す。

由紀子さんにもらった、サッカーをしている幼い朔の写真を、この河川敷を背景にして掲げた。

「忘れないよ。朔のこと」

写真をさらに上へと掲げ、星空の真ん中に朔を置いた。

月のように、今日も朔は輝いていた。

エピローグ

月のような彼と出逢って、十五年の月日が経った。

十七歳だったちっぽけな私は今年で三十二歳を迎える。

「あの先生……さっきから好きな食べ物とか好きな歌とか、そういう質問ばかりで、何か意味があるんですか？」

初診である高校生の倉木《くらき》夕月《ゆつき》さんは、恐る恐る私に質問をした。

この部屋に初めて足を踏み入れた夕月さんは、緊張もそうだが、よく動く視線と落ち着きのない様子から不安の方が勝っているように見えた。まずはこれらを取り除かなければいけない。

「意味はあります。まずはあなたの緊張と不安をほぐすこと、そして夕月さんが私に気持ちを共有してもいいと思える信頼関係を築くこと。それらは、くだらないと思える他愛のない会話から始まるのよ。まずは仲良くしましょう、夕月さん」

くだらない会話の中に、人は本当の自分を少しだけ見せる。彼も、私もそうだったから。

私は愛おしかったあの時間を思い出して笑みをこぼすと、彼女は一瞬不思議な顔で私を見るが、顔の力を抜いた柔らかい笑顔で笑ってくれた。

「じゃあ、話をしましょう。夕月さん」

大丈夫。少しずつ受け入れていけばいい。

まだ受け入れることを拒む彼女に、私はまだ言葉にはせず心の中でそう口にした。


ＨＳＰに悩んでいた私は、精神科医になりカウンセラーの資格も取って、心の病気に悩む人達の心に寄り添う仕事に就いた。

周囲の人にも知ってほしくて、メディアや雑誌の取材もなるべく受けて、病院に行く勇気を持てない人や病気について知りたい人にも届けたくて本の出版もした。

私は私ができることを全力でやりながら、人と向き合い、今を全力で生きていた。

「望ー！　こっちこっち！」

今日は月に一度逢《あ》っている、高校からの友達との女子会だ。事前に予約してくれた店に顔を出すと、すでに三人はテーブルに座って私が来るのを待ってくれていた。

「ごめん、待ったよね」

謝りながら空いている席に座る。

「うちらこそごめんね、望忙しいのにまた女子会開いちゃって」

花菜が手を合わせて謝り返しながら、私にメニューを渡してくれる。

「全然悪いと思ってないくせによく言うよー」

花菜の言葉にすぐさま突っ込みを入れる絵里。

「だってテレビで望見たら逢いたくなるんだもん」

「あっ、この前のお昼の情報番組の見たよ！　本当にかっこよかった！　彼氏にこの子私の友達なんだよって自慢しちゃった！」

花菜と絵里の会話を遮って三咲が興奮しながら嬉《うれ》しい感想を言ってくれる。

高校の頃から全く変わらずお喋《しゃべ》りな三人に、思わず笑みがこぼれる。

高校の時は、もう友情が元に戻ることはないのだと思っていた私達だけど、喧嘩《けんか》して一緒に泣いた後、三人は自分の非を認め私に謝ってくれた。私も言いたいことを溜《た》め込んでみんなにちゃんと向き合えていなかったことを謝った。

それから私達は言いたいことを我慢したり、後から陰で愚痴をこぼさずにちゃんとその場で思ったことを伝えるようになった。そのおかげで、高校を卒業した今もこうして月に一度集まって話せる強い繋《つな》がりを築けている。

「三咲、今回の彼氏は結構長く続いているよね」

「そうなの、心が広いから私のことすぐに許して甘やかしてくれるの」

「うわっ、それもどうなの？」

「ちょっと絵里、今彼氏いないからって僻《ひが》まないでくれるー？」

「僻んでないし～！」

「花菜は結婚して三年目だけど大樹浮気してない？」

「してないしてない、三咲じゃないんだから」

「うっわ、望今の聞いた？　まだ高校の話持ってくるんだけど、大樹と出逢えたの私のおかげなのに！」

「ねえ、私ピザ注文していい？」

「ちょっと望！　今は私の味方してよ！」

こうして、あの時の私達の過ちを笑い話にできるほど時間は経っていた。

花菜は大樹くんと結婚してもう三年目。三咲は男運がないのか、浮気されて私達の前で大号泣したりと心配だったが、今の彼氏とは長く続いているようで安心した。絵里は好きなことを仕事にしたいと大手の企業を辞めネイリストになった。最近ではインフルエンサーが高いレビューをつけてくれたおかげで毎日予約が埋まり忙しそうにしている。

各々が好きなことややりたいことを見つけ、大事にしていた。

「そういえば、望は？　もうすぐ今の彼氏と付き合って三年目でしょ？　そろそろプロポーズされたりして！」

「……それが、明日《あした》会う約束していて」

「えっ、どこ？」

「なんかお洒落なレストラン」

「キャー！　絶対プロポーズだよそれ！」

「プロポーズされたらすぐ電話して！　グループ通話ね！」

私を置いて、三人は高い歓声をあげている。それを苦笑いでスルーし、テンションが高い三人をよそにピザとパスタを適当に注文した。

一つの夢であった自分のメンタルクリニックを持ってからすぐに今の彼と出逢った。

メンタルクリニックからの家路の途中で、胸を押さえて苦しそうにしてしゃがみこんでいる男性を助けたことで、私達の関係ははじまった。お礼をしたいと言う彼と食事をして、また逢いたいと言われ渋々連絡先を交換した。最初は月に一度食事をする仲だったが、それが週に一回逢う関係に変わり始めて半年後、彼に告白されて付き合うようになった。

明日からそんな彼と付き合って三年目に入る。

私も彼女として期待しないわけではない。彼と結婚して生きていく未来も想像したりした。

でも、想像すればするほど朔のことを思い出してしまう。一生忘れられない三十日間の記憶と共に。

朔の家族とは今も連絡を取りあっていて、この前は熊本に遊びに行ったりもした。朔のことも、朔の家族のことも、今の彼には正直に話している。付き合う前に「私は永遠に忘れられない人がいる」とも伝えて、それでもいいと彼が言ったから付き合った。

彼は九州出身だからか、たまに出る方言や訛《なま》りが朔を容赦なく思い起こさせる。いつも楽しそうに笑って不器用に気持ちを伝える彼はどことなく朔と似ていた。

彼のことはちゃんと好き。だけど彼といる時、朔を思い出さない日はなかった。彼をちゃんと愛おしいと思っているのか、朔を思い出して愛おしいと思っているのか、自分のこの愛情がちゃんと彼に対しての１００％の愛情かわからずにいた。だから、彼との結婚を考えてはすぐに打ち消していた。

「でもさ望、今は結婚だけがすべてじゃないから」

そんな私の気持ちを見透かすように、花菜が優しく私に寄り添ってくれる。

母と岩田さんのように籍を入れなくても一緒にいる関係もある。結婚したから正式に家族になるわけでもない。この人の側にいたいと思えば、書面で手続きせずとも家族にだってなれる。同じ名字ではなくとも、誰だって愛する人と家族にはなれるのだ。

私は花菜の優しい言葉に、笑って頷《うなず》いた。


翌日、仕事を早めに切り上げて、彼が予約している店に向かった。

最上階まで上っていくエレベーター内でも、緊張しているのかやたらと身なりを確認してしまう。今日は直感でワイン色のドレスワンピースに手を伸ばしていた。

受付の人に案内され、背筋を伸ばして座っている彼を見つける。私以上に緊張している彼は明らかにいつもどおりではなかった。私は一度大きく深呼吸をして、ゆっくりと彼に近寄る。

「――――くん」

いつもどおりに名前を呼ぶと、彼は花が咲くように笑って私の名前を呼ぶ。

「こんな高そうなお店、大丈夫？」

「大丈夫だよ、俺もう社会人十年目だよ？　さすがに貯金もあるから」

「そうだけど、悪いし。私も半分払うから」

「いらん！　今日は絶対に俺が払う」

〝今日は〟か。やっぱりプロポーズされてしまうんだろうか。

どうしようという迷いを呑み込むように喉《のど》を鳴らした。

「景色綺麗《きれい》だね」

「うん、それにほら、今日は満月」

彼は夜空に光り輝く丸い月を指差しながら、無邪気な笑顔を向けてくる。子供みたいに。

「俺達が初めて逢《あ》った日も満月だったの憶《おぼ》えとる？」

「うん、満月だなって思って夜空見ていたら、近くを歩いていた――くんが胸を押さえて苦しんでいたからよく憶えてる」

「その節はお世話になりました」

「いえいえ、医者として当然なので」

私達はそう言って笑いあった。

次々出される綺麗な料理を口に運びながら、いつもどおりの他愛のない話をする。

今日の彼は初めて逢った日や、付き合う前の過去の話をよく話題に出してくる。

一つの大事な決心をする時、みんな過去の思い出を一旦《いったん》振り返って物思いにふける。

彼も今それをしていた。

そして一通り食べ終え、残りはデザートだけになった頃合いで、彼はタイミングを見計らい、ポケットから出した小さな箱をテーブルの真ん中に置いた。見慣れないその小さな高級そうな箱は、見慣れていないはずなのにすぐに婚約指輪だとわかった。

「俺と、結婚して下さい」

緊張が伝わるようないつもよりも気合いの入った声に、私はその箱に手を伸ばす。

手を伸ばしたけど、今の私に受け取る資格があるのか、と躊躇《ちゅうちょ》しその手が止まる。

止まってしまったら、もう下ろすしかなかった。

「……やっぱり、受け取れない？」

彼は、ゆっくりと口にした。そんなことを言わせてしまうことに申し訳なくなる。

「――くんのことちゃんと好きだけど、私は彼を忘れることはできないと思うの。それは――くんにも失礼な気がする」

私は婚約指輪からも彼からも目を逸《そ》らして、膝《ひざ》の上で握る自分の手を見つめる。

こんな迷いのある自分が、まだ彼と家族になれる自信がなかった。

「実は、望ちゃんにまだ話してないことがあるんだ。今日はそれも話そうと思って覚悟を決めてきた」

彼の決心した芯《しん》のある声に私は無意識に顔を上げると、彼はまっすぐに私だけを見ていた。惹《ひ》き込まれる瞳《ひとみ》に、思わず息を呑《の》んだ。

「望ちゃんは話さなくても大丈夫だって言ってくれたけど、やっぱり話したいんだ。俺のこの傷のこと」

彼はそう言って、自分の胸のあたりを指差した。

彼の胸元には縫合した一直線の手術痕《こん》があった。一度だけその手術痕に触れたことがあったけど、あまり話したくないのか珍しく口を噤《つぐ》んだので、それからは一度もその話をしたりはしなかった。

彼は私と向き合うために、今日はその手術痕の話もしようと心に決めてここに座っていた。

「多分気づいていると思うけど、この手術痕は俺が高校生の時心臓移植を受けた痕《あと》なんだ」

──心臓移植。

ほとんど馴染《なじ》みのない話だけど、私にはその言葉だけで胸を打たれるほどの出来事が過去にあった。

「心臓をくれた人がいたから、今俺はこうして生きていられる。本当に感謝しているんだ。その人の分も全力で生きたいと思っているし、この心臓が止まるまでの時間全部大事にしたいと思っている」

「……うん」

「望ちゃんが前に話してくれたでしょ？　高校生の頃、大好きだった人がこの世から消えたけど、違う人の身体で生きているって。だからなかなか言えなかったんだ。俺は臓器をもらえた側だったから」

彼は私のためにこの話を伝えるか悩んでいた。私が傷つかないか心配で、今まで話せなかったのだ。

誰かの命を救って消えた朔を今もまだ想いつづけている私と、心臓をもらって今も尚《なお》生きている彼は繋《つな》がっているようで正反対の場所にいた。

「実はね、今もドナーの家族とは手紙で年に一回連絡を取り合っているんだ。情報を守るために名前や住所は手紙では書かないことになっているんだけど、たまたまドナーの家族の手紙に【十七年間風邪も引かずに動いていた丈夫な心臓なので安心して下さい】って書いてあったんだ。それでこの心臓の持ち主は十七歳で同い歳だって気づいた」

そういう手紙のやり取りを扱ってくれる、臓器移植ネットワークが存在するのはもちろん知っていた。

朔の母の由紀子さんも手紙でたまにやり取りしていると以前言っていた。朔の心臓が今もまだ生きつづけていることが知れて素直に嬉《うれ》しいのだとこぼしていたことを思い出す。

「手紙には他にも【サッカーが好きで試合でよく点を入れていたエースだった】とか【月が好き】とか【スイカの漬物が好きだから、夏にはスイカをよく食べさせられていた】とか、結構色んなこと書いてくれるんだ」

彼のプロポーズに対して迷いが比例するように頻繁に瞬きをしていた瞼《まぶた》が止まり、彼をやっとまっすぐに見つめる。

「望ちゃんが話してくれた忘れられない人は、サッカーが好きで自称エースだったって言っていたよね？　月が好きでこれは彼の形見だって言って【月と惑星】っていう雑誌を俺にも見せてくれた。夏には、絶対にスイカの漬物がテーブルに並ぶ。スイカの漬物が好きだからって、俺によくスイカを食べさせた」

今、私は呼吸をしていない気がした。だから、ゆっくりと息を吸って吐いた。吐いた息が震えていることに気づいて、自分がひどく動揺しているのだと気づく。

「似ているなって思ったんだ。それで俺は勇気を出して、月はどの形が好きだったんですか？　って手紙に書いたら、この前返事が来たんだ」

彼はポケットからその手紙を取り出し、私に渡してくる。迷ったがその手紙を受け取った。読んでほしい文面を指差しで教えてくれるので、そこの文章から目をとおしていく。

その手紙の一部分にはこう綴《つづ》られていた。

【どの形の月が好きだったのかはわかりません。でもあの子は新月の夜に生まれたから、月がない新月の日にはいつも「俺の日だ！」って言っていました。でも満月に弟

が生まれてからは満月が一番好きだったと思います。満月の夜にいつも弟に「今日はお前の日だぞ！」って教えていたから】

　私はそれを読んで、勢いよく顔を上げ彼を見る。

　少し右上がりで、力強いその綺麗な筆跡に見覚えがあった。毎年送られてくるスイカに由紀子さんの手紙が添えられていた。その筆跡と酷似していたから。

「満月のあの夜に、俺は、満月を見上げて微笑んでいる望ちゃんに目を奪われた。その後、心臓が強く大きく脈打ったんだ。立っていられないほど強くて痛かった」

　移植後は心臓が身体に馴染《なじ》むまで拒絶反応が出てしまうが、それは日を追うごとに減少していく。

　彼は、もう何年もその拒絶反応は起きていないのに、なぜかその日はすごく痛かったと話した。そして心臓を押さえながら、彼は確かに言った。

「この心臓は、望ちゃんに見つけてほしかったんだと思う」

　そう思いたかった。そう思えたら、どんなに幸せか。

　私は、込み上げる涙を抑えられずに溢《あふ》れさせてしまう。

「この心臓は、多分望ちゃんの忘れられない人の心臓なんだと思う。新月のもう一つの名は〝朔〟でしょ？」

「……うんっ、うん、朔」

「望ちゃん、俺は、二番目でもいいんだ。朔くんのこと忘れられなくてもいいんだ。だって彼は、俺に望ちゃんと出逢《であ》わせてくれたから」

泣きながら私は朝の陽と書く――朝陽《あさひ》くんと向き合い、朝陽くんの伝えたい言葉を聞き逃さないように耳を澄ます。

「俺は、必ず望ちゃんを幸せにする。この心臓と、朔くんと一緒に、望ちゃんを大事にしたい。精一杯愛したい。だから、俺と結婚して下さい」

朝陽くんは私を強く導くようにもう一度そう言った。

――「新月はリセットの日って言われとるって知っとった？　久連松朔はここでリセットされるけど、月はまた満ちるから」

最期に朔は意味深なことを口にしていた。

新月はリセットの日。だけどまた月は満ちる。朔は消えるけど、また違うところで生まれ変わって逢えると言いたかったのだろう。十五年経って、やっとその意味がわかった。

――「俺はこれからもずっと待っとるけん。満ちる時にまた逢《あ》おうな」

朔は月が完全に満ちた満月の夜に、生まれ変わったように私の前に現れた。朔に負けないくらい優しくて毎日楽しく生きている人の身体の中で、朔はずっと私を待っってくれていた。

「ありがとう、ありがとうっ、朝陽くん」

ありがとう。朔。

「これからもよろしくお願いします」

「こ、こちらこそ！　よろしくお願いします！」

朝陽くんは静かなレストランに不釣り合いな大きい声で、私に釣られて勢いよく頭を下げた。私たちの様子を窺《うかが》っていたのだろう、隣のテーブルに座っている老夫婦が祝福するように拍手してくれた。それに恥ずかしそうに笑いながらも、親指を突き出してグーサインを出す朝陽くんが可笑《おか》しくて思わず笑みがこぼれた。

「絶対に幸せにするから」

「うん」

「あれ？　絶対って絶対的なパラドックスでうんたらかんたらっていうのは言わなくていいの？」

「だって、朝陽くんにそれ言ったら変人見る目で私を見るから」

「あはは、ごめんね。でも、いいよ。俺が絶対に幸せにして絶対はあるって証明するから」

朝陽くんは〝絶対〟を口にして、私の頬に手を伸ばす。そして、涙で濡《ぬ》れた頬を親指で拭《ぬぐ》ってくれる。

涙を拭えないからと言っていた大好きな朔は、私に今幸せと愛情をくれる朝陽くん越しで、私の涙を十五年越しにやっと拭ってくれた。

二人分の愛情を私は独り占めして、満月よりも幸せに満ちた時間を過ごした。

どんなに時間が経っても、色褪《いろあ》せてしまっても、過去の残像にしてしまっても、朔が確かに私の側にいて笑ってくれたあの三十日間は、月を見れば存在したのだと思える。

夜と昼を交互に行き来するこの世界はずっと永遠につづいていく。

泣きたくなってしまう日も、自分を嫌いになってしまう日もある。だけど私はもう知ってしまった。月が光り輝く夜の世界も美しくて、夜が終わり、陽が差す朝も美しいことを。私はそれを、消えてなくなりたいと思ってしまう人に教えていきたい。その手助けをしたい。

だから、まだ消えないで。

あなたはまだ、永遠に好きでいられるものを探して見つけることもできるし、触れたいと思える人に手を伸ばして触れることもできるのだから。

あとがき

高校生二人の月が満ちて欠けるまでの三十日間の物語を書こうと、ふと思い立ちました。新月と満月のような正反対の二人を思い描いたとき、浮かび上がったのが内気な望《のぞむ》と人懐っこい朔《さく》でした。

高校生の物語を紡ぐ上で、特に時間をかけて書いたのが望と友達との関係性です。大人になれば割り切ることもできますが、学生時代はそうはいかないことを身に染みて知っています。学校という世界は大人にとっては小さな場所ですが、彼女達にとってはここがすべてです。学校で起こる出来事に一喜一憂する、望の心理描写は特に繊細に書きました。

私は、人間は誰しも必ず二つの側面を持っていると思っています。新月と満月を持っている月のように、人も暗いときと眩《まぶ》しいときがあるはずです。

日々、感情はシーソーのように大きく傾き、普段思わないことを思ってしまったり、逆に毎日思っていたことがある日だけは思わなかったりします。それがこの物語では

「消えてなくなりたい」でした。望の視点では何度もその言葉が出てきます。そして、口にはしませんでしたが朔も同様に。

一日だけ、一瞬だけ、消えてみたい。

二人と同じで私も思ったことがあります。きっと自分が想像しているよりも「消えてなくなりたい」は身近にあって、誰もが思ったことがあるのではないのか。誰かに見せていないだけで誰もが心の中で思っているのではないか。誰もがみな、新月と満月のような二面を持っているのではないか。この作品から、感じて考えてもらえたら嬉《うれ》しいです。

もちろん人それぞれ思う度合いは違うと思います。だけど、「消えてなくなりたい」と思う気持ちを理解できる人はたくさんいるはずです。わかりあえなくても側で寄り添うことはできる。この作品を通して、「消えてなくなりたい」と思ってしまう人に私は寄り添いたいです。そして、朔の言葉が読者の方たちに届くことを願っています。

数ある作品の中から手に取っていただいたこと、最後まで読んでいただいたこと、嬉しく思います。ありがとうございました。

またどこかで逢えることを願っています。

藍《あい》　夕《ゆう》

本書は、第2回魔法のiらんど恋愛創作コンテスト〈苦しい程に、切ない恋部門　奨励賞〉受賞作を加筆修正のうえ、文庫化したものです。

夜《よる》が明《あか》るいのは月《つき》が満《み》ちるせい

藍夕《あいゆう》

令和6年 7月25日　初版発行

発行者●山下直久

発行●株式会社KADOKAWA
〒102-8177　東京都千代田区富士見2-13-3
電話　0570-002-301(ナビダイヤル)

角川文庫 24235

印刷所●株式会社暁印刷
製本所●本間製本株式会社

表紙画●和田三造

ISBN 978-4-04-114863-1　C0193

◇◇◇

角川文庫発刊に際して

角　川　源　義

第二次世界大戦の敗北は、軍事力の敗北であった以上に、私たちの若い文化力の敗退であった。私たちの文化が戦争に対して如何に無力であり、単なるあだ花に過ぎなかったかを、私たちは身を以て体験し痛感した。西洋近代文化の摂取にとって、明治以後八十年の歳月は決して短かすぎたとは言えない。にもかかわらず、近代文化の伝統を確立し、自由な批判と柔軟な良識に富む文化層として自らを形成することに私たちは失敗して来た。そしてこれは、各層への文化の普及滲透を任務とする出版人の責任でもあった。

一九四五年以来、私たちは再び振出しに戻り、第一歩から踏み出すことを余儀なくされた。これは大きな不幸ではあるが、反面、これまでの混沌・未熟・歪曲の中にあった我が国の文化に秩序と確たる基礎を齎らすためには絶好の機会でもある。角川書店は、このような祖国の文化的危機にあたり、微力をも顧みず再建の礎石たるべき抱負と決意とをもって出発したが、ここに創立以来の念願を果すべく角川文庫を発刊する。これまで刊行されたあらゆる全集叢書文庫類の長所と短所とを検討し、古今東西の不朽の典籍を、良心的編集のもとに、廉価に、そして書架にふさわしい美本として、多くのひとびとに提供しようとする。しかし私たちは徒らに百科全書的な知識のジレッタントを作ることを目的とせず、あくまで祖国の文化に秩序と再建への道を示し、この文庫を角川書店の栄ある事業として、今後永久に継続発展せしめ、学芸と教養との殿堂として大成せんことを期したい。多くの読書子の愛情ある忠言と支持とによって、この希望と抱負とを完遂せしめられんことを願う。

一九四九年五月三日